사려니 숲의 휘파람새

사려니 숲의 휘파람새

초판 1쇄 발행 2023년 8월 24일

지은이 장미영
펴낸이 강수걸
기획실장 이수현
편집장 권경옥
편집 이혜정 신지은 오해은 이소영 김소원 강나래 이선화
디자인 권문경 조은비
펴낸곳 산지니
등록 2005년 2월 7일 제333-3370000251002005000001호
주소 부산시 해운대구 수영강변대로 140 BCC 613호
전화 051-504-7070 | 팩스 051-507-7543
홈페이지 www.sanzinibook.com
전자우편 sanzini@sanzinibook.com
블로그 http://sanzinibook.tistory.com

ISBN 979-11-6861-168-9 03810

* 본 도서는 2023년 부산광역시, 부산문화재단 '부산문화예술지원사업'으로
　지원을 받았습니다.

사려니 숲의
휘파람새

장미영 소설

산지니

차례

거짓말의 기원

전화가 왔다. 민서 엄마였다. 남편과 뉴스를 보던 중이었다. 퇴근 후에 걸려 오는 업무 전화는 반갑지 않다. 오전에 오는 학부모 전화는 주로 아이와 관련된 부탁이었고 퇴근 후 전화는 대부분 항의성이었다.

"내일 한 시쯤 CCTV 보러 갈게요."

의례적인 인사도 없이 CCTV 이야기부터 꺼냈다.

"아, 그러세요? 근데 무슨 일이라도⋯."

"내일 가서 이야기하죠."

민서 엄마는 자기 말만 하고는 전화를 끊었다.

TV에서는 어린이집 아동학대 CCTV 화면이 나오고 있었다. 교사의 손이 아이의 머리를 강타했다. 아이가 교구장 쪽으로 휙 날아갔다. 나는 너무 놀라 자리에서 벌떡 일어섰다. 반찬을 남겼다는 이유란다. 아이가 무릎걸음으로 기어가 흩어진 잔반을 허겁지겁 주워 먹었다. 겁에 질린 아이들이 무릎을 꿇은 채 한쪽 구석에 모여 있었다. 10초 남짓한 영상이었지만 어느 폭력 영화의 설정샷보다 적나라했다. 남편도 충격을 받은 듯 화면을 노려보던 그 시선 그대로 나를 돌아보았다.

이틀 전 아이들을 데리고 뮤지컬 관람을 다녀왔다. 오는 길에 자리 때문에 한 아이가 민서 팔을 깨물었다. 세게 물었는지 잇자국이 났다. 의외로 민서 엄마가 별 문제 삼지 않아서 잘 넘어갔다. 쩔쩔매며 통화하던 때를 생각하면 지금도 가슴이 서늘하다.

요즘은 아이가 놀다가 다치는 것도 폭행으로 의심받는다. 폭행 사건이 하나둘 터지기 시작하면서 분위기는 살얼음판이 되었다. 민서 엄마의 전화가 잠을 짓눌렀다. 밤새 마음이 찜찜했다.

민서 엄마는 한 시간이나 일찍 왔다. 오자마자 어제 점심시간 이후 교실 상황을 보여 달라고 했다. 뭔가 짚이는 일이라도 있는 것처럼 몹시 서둘렀다.

원장에게 전화했다. 원장은 부친 기일이라 출근하지 않고 있었다. 민서 엄마가 원하면 CCTV를 틀어 주라는 말만 짧게 하고는 끊었다. 아무것도 꺼릴 게 없다는 듯 원장의 목소리는 당당했다. CCTV를 보려면 절차가 필요하긴 했지만 부모들의 요청이 있으면 원마다 원장 재량에 따라 보여 주기도 했다.

원무실 소파에 민서 엄마와 둘이 마주 앉았다. 나리반 교실을 클릭했다. 어제 날짜를 누르고 민서 엄마가 보고 싶어 하는 시간대를 맞추었다. 교실 상황이 화면에 펼쳐졌다. 민서 엄마가 CCTV를 보고 있는 동안 내 머릿속은 CCTV보다 더 빠르게 필름이 돌아갔다.

교실 분위기는 여느 때처럼 어수선하다. 더운지 아이들은 물을 마셨고 바닥에 엎드린다. 나는 리모컨을 찾아 버튼을 누르고 있다. 특강 수업 때문인지 교구 정리를 하는 아이도 있다. 블록 교구장에서 민서와 정원이가 십자블록을 가지고 다투고 있다. 교실을 둘러보던 내가 그쪽으로 다가간다. 두 아이를 떼어 놓는다. 정원이를 먼저 살펴보고는 민서를 옆으로 세운다. 각도가 바뀌어서인지 내 등만 크게 보인다. 민서가 내 몸에 가려져 보이지 않는다. 아무 이상이 없었는지 내가 허리를 펴고 숨을 길게 내쉰다. 나는 몸을 돌려 민서 팔에 붙은 반창고를 떼어 내고 물린 자국을 확인하고는 다시 붙여 준다. 민서는 물을 마시고 다른 아이들처럼 엎드린다.

모니터를 보던 민서 엄마가 화면을 앞으로 되돌렸다. 카메라를 등진 채 서 있는 내 모습을 확대했다. 민서 몸을 살피는 행동을 눈여겨보았다.

"어제 우리 민서 귀 본 적 있나요, 선생님?"

민서 몸을 전체적으로 봤을 뿐이지 특별히 귀를 따로 자세히 본 기억은 없다.

"귀가 빨갛게 부풀어 올라 반점이 생겼더라구요. 혹시 다친 적 있어요?"

물린 상처에도 별 말이 없던 민서 엄마의 모습과는 사뭇 달랐다. 흥분한 듯 얼굴이 붉어졌다.

"아무 일도 없었는데요. 민서 다치는 모습이 없지 않습니까?"

"교실을 자주 비우시나 봐요. 낮잠 시간 이후에는 아이들과 같이 계시질 않네요."

민서 엄마는 원하는 영상이 나오지 않은 것에 당황했

는지 질문도 추궁도 아닌 말로 대화의 맥락을 바꾸었다. 여전히 밝혀낼 무언가가 있기라도 한 것처럼 모니터에서 눈을 떼지 못하고 있었다. 한참 아랫입술을 깨물다가 몹시 복잡한 표정이 되어서는 나를 빤히 올려다보았다.

아마도 나는 잠시 원무실에 다녀왔을 것이다. 아이들이 자는 시간에도 일이 많았고 시간은 턱없이 부족했다. 아이들이 자고 있는 때가 아니면 잡무를 처리할 시간이 없다. 나와 김 선생은 번갈아 가며 보육일지, 대화장, 출석체크, 각종 통신문을 챙기곤 한다. 화면만 봐서는 민서 엄마 눈에 아예 아이들을 돌보지 않는 것처럼 오해를 할 수 있었다. 어떻게 보면 아이들 자는 시간에 잡무를 보는 것도 옳은 일은 아니었다. 꼬투리를 잡을 만했다.

"아이들에게 신경 좀 써 주세요. 불안해서 살 수가 없네요."

"걱정하지 않으시도록 더 신경 쓰겠습니다."

나는 민서 엄마를 현관문 앞까지 배웅했다. 갑자기 CCTV를 확인하러 온 의도가 무엇일까 머릿속이 번잡했다. 결석한 아이, 열이 난 아이, 소변보다 옷이 젖은 아이 엄마에게 차례로 전화를 했다. 원장은 아직 원으로 들어오지 않았다. 하원 지도를 끝냈다. 2층 복도를 청소하고 간식그릇을 씻고 나니 퇴근 시간이 훌쩍 지나 있었다. 교실 문단속을 하고 원을 나섰다.

버스 정류장까지 걸었다. 모니터를 확대해서 보던 민서 엄마가 떠올랐다.

귀를 자세히 살피지 못한 걸 사과하는 게 옳았을까. 전날 전화에서 아예 사과부터 하고 이야기를 시작했더라면 오늘 일이 안 일어났을까. 상처가 눈에 띄지 않았을 뿐이다. 정확하게 말하면 있는 상처를 알아보지 못했다기보다는 상처의 여부 자체가 불확실했다는 것이 맞는 말일 것이다. 민서 몸을 확인하던 어제의 그 순간을 되짚어 보았다. 내 기억은 딱 거기까지였다. 진실은 알 수 없다. 그럼에도 성의 있는 사과를 못 한 것에만 내내 마음이 꺼둘렸다.

아이들을 돌본 지 어느새 10년째다. 지금 생각하면 그런 날이 있었을까 싶게 초창기 몇 년은 사명감으로 들떠 있었다. 누가 말하지 않아도 30분 일찍 출근하고 30분 늦게 퇴근했다. 교재 교구도 내 손으로 직접 구상하고 만들었다. 서툴렀지만 일에 대한 회의감 같은 것은 없었

다. 훌륭한 교사는 아니어도 그런대로 괜찮은 교사라고
는 생각했다.

언제부터였을까 무언가를 생각한다는 자체가 불가능
해져 버렸다. 몸의 수고로움이 정신을 압도해 버렸다고
할까. 그러는 사이 일상은 내 의도와는 전혀 다른 그림
들로 채워졌다. 의도라는 것이 무언가를 이루기 위한 주
체의 계획을 의미하는 것이라면 어린이집에서의 일상은
어느 한 조각도 내 의지로 할 수 있는 것이 없었다. 무력
감조차 사치였다.

아이들을 좋아해서 시작한 일이었는데 점점 아이를
돌보는 게 노동처럼 버겁기만 했다. 아이의 공격적인 행
동에 대해 조심스럽게 조언을 건네면, 절대 자기 아이는
그럴 리가 없다며 오히려 내가 아이를 싫어한다는 것의
다른 표현이 아닐까 의심했다. 그리고는 원장에게 나에
대한 못마땅한 점을 성토하기도 했다. 이후 나는 아이
들의 개별적인 행동 문제에 대해서는 일절 입을 닫았다.
어차피 모두 귀한 아이들이었고 나름 다 잘난 자녀들이
었으니까.

첫 소풍날이었다. 아이가 지나치게 활동적이라 혹여

다칠까 염려된다는 내 말에 한 부모는 아예 선생님을 귀찮게 하기 싫다며 결석을 시켜 버렸다. 아이에 관해서는 어떤 말도 듣고 싶어 하지 않았다. 이상하리만치 그랬다. 수업 내내 창문가에서 교실을 지켜보는 할머니, 수업 중 수시로 전화해서 아이의 안부를 묻는 엄마, 어린이집에 다니면서부터 짜증과 폭력이 늘었다며 따지러 오는 아버지들까지, 각양각색으로 드러내는 학부모들의 관심은 결국 내 노동의 몫이 되었다.

아이가 물 먹다 사레가 들린 경우나 예외일까. 벌레 물린 것 하나까지 교사의 관리 부주의로 책임을 돌렸다. 그럴 때마다 상황을 빨리 마무리 짓고 싶은 마음이 컸다. 사과의 말이 습관처럼 스스럼없이 튀어나온다. 무엇때문에 사과해야 하는지도 모르면서 그냥 사과하는 것이다. 그러다 보면 진짜 뭔가 내가 잘못한 것 같은 기분이 들기도 했다. 거기엔 일에 치여 어떤 해명도 설명도 회피하는 비겁한 내가 있었다. 어느새 별 탈 없이 하루하루 지나가기만을 바라는 종업원이 되어 버렸다.

답답한 내 마음처럼 버스도 더뎠다.

시댁에 맡겨 놓은 아이를 데리러 가는 것도 잊은 채,

계속 같은 장면을 끝없이 피드백하고 있었다. 오늘 같은 날은 남편이나 누구에게라도 혜주 데려오는 걸 부탁하고 싶다. 남편은 남들보다 조금 늦게 취업해서 어떻든 살아남으려 회사일에 온전히 매달렸다. 남편도 바쁘기는 매한가지였다.

혜주를 데리러 갈 때면 시모는 자기 새끼도 못 키우는 주제에 남의 새끼 키워 얼마 버느냐며 대놓고 지청구를 했다. 하지만 정작 한 번도 그만두라는 말은 하지 않았다. 시모도 지쳐서 마음에도 없는 소리를 하는 거였다. 시댁에 가야 하는 시간이 다가오면 선 자리 그대로 어디론가 사라져 버리고 싶은 생각이 들곤 했다.

11개월 된 혜주는 잔병치레가 많았다. 자주 아픈 혜주를 어린이집에 보내는 것이 편치 않았다. 그나마 할머니 손에 맡기니 걱정이 덜 됐고 고맙기도 했다. 칠순이 넘은 시모에게도 육아는 힘에 부치는 중노동일 것이었다. 시모나 나나 서로 까칠해진 마음을 어루만져 줄 여유는 없었다. 이런저런 해명을 하는 것도 에너지가 남아 있어야 가능한 일이었다. 빈 자루같이 텅 빈 마음을 추슬러 매번 감읍하는 시늉도 쉽지 않다. 일이 있어 늦었다는 내 말이 끝나기도 전에 시모는 전화를 끊었다.

매스컴에서 연일 아동학대 사건이 보도되고 나서부터는 긴장의 연속이다. TV를 틀었다 하면 아동 폭력 사건 뉴스였다. 서로 앞다투어 과거 사건까지 들추어 보도했다. 방송국에 폭력 사건 테이프가 쌓여 있다는 소문도 돌았다. 벼랑 끝에 서 있는 것처럼 위태롭다.

주머니에 넣어 둔 핸드폰에서 진동이 느껴졌다. 민서 엄마의 메시지였다. 오늘 불편하게 해 드려 죄송해요. 내일도 힘내서 파이팅하세요. 점심시간 내내 사람 마음을 들었다 놨다 했던 민서 엄마다. CCTV 사건이 해결된 것 같아 긴장이 풀렸다. 대답을 할까 고민하다 웃는 모양의 이모티콘을 보냈다. 똑같이 웃는 모양의 이모티콘이 왔다.

한창 바쁜 아침 시간, 시모에게서 전화가 왔다. 혜주가 열이 나고 설사를 한다고 했다. 당신이 가기가 힘드니 와서 병원에 데려가라는 거였다. 원장은 교실 비우는 것을 유난히 싫어한다. 대체 교사나 보조 교사가 해야 할 일이 자신의 몫이 되기 때문이다. 교실을 비우다 무슨 일이라도 생기면 선생님이 책임을 질 거냐며 원장은 볼펜으로 책상을 연거푸 두드렸다. 그러다 일그러졌던 표정을 풀며 뭐, 어쩌겠어요, 한마디하고는 회전의자를 창 쪽으로 돌려 앉았다.

집에 도착했을 때 시모는 혜주 옆에서 졸고 있었다. 급한 마음에 나는 혜주부터 안아 올렸다. 인기척에 시모가 놀란 듯 일어났다. 나는 눈인사만 겨우 하고는 집을 나섰다.

혜주의 상태를 살피던 의사가 뇌척수 검사를 해 보자고 했다. 자주 열나고 토하는 것 때문이었다. 양쪽 엉덩이뼈 능선 위로 주삿바늘을 삽입해 뇌척수액을 뽑아내는 배양 검사다. 척수액 내 포도당, 단백질, 백혈구, 적혈구, 감마글로불린의 양을 측정하면 바이러스성 뇌수막염인지 세균성 뇌수막염인지 알 수 있다고 했다. 설명을 듣고 있는데 원장으로부터 문자가 왔다. 연이어 다시 문자가 왔다. 빨리 와 달라는 내용이었다.

주사를 맞고 처방전만 받아 왔다. 혜주 검사는 다음 기회로 미룰 수밖에 없었다. 의사 말을 뒤로하고 일어섰다. 몸이 기계적으로 움직였다. 나는 우는 혜주를 달랠 생각도 못 하고 택시에 올라탔다. 약 먹이는 법만 시모에게 간단하게 설명하고는 기다리고 있던 택시를 탔다.
문득 당신, 혜주 엄마가 맞긴 해? 남편의 말이 떠올랐다.
책상을 연거푸 두드리던 원장의 모습, 이유 없이 매사
못마땅해하는 시모의 모습이 머릿속을 휘저었다.

어린이집 근처 낯익은 풍경에 안도하고 있을 즈음 원
장의 다그치는 문자가 또 날아왔다. 나는 차에서 내리자
마자 원장실로 들어갔다. 원장이 핸드폰을 내게 내밀었
다. 민서 엄마로부터 장문의 문자가 와 있었다. 민서 귀
는 성 선생님이 잡아당긴 상처다. 어제 사과할 기회를
줬는데도 아무 말도 하지 않으니 원장님 선에서 해결해
달라, 대략 그런 문자였다. 귀 뒤로 빨갛게 부풀어 오른
사진 한 장도 찍혀 있었다.

나는 원장에게 민서 엄마가 찾아온 일이며 민서 엄마
에게 받은 문자 메시지까지 보여 주었다. 아무 일도 없
었고 더 신경을 쓰겠다고 말하고 마무리를 지은 일이라
고 했다. 민서 아빠와 함께 CCTV 보러 올 거라는 말에
더 이상 할 말이 없었다. 나는 목례를 하고는 교실로 들
어왔다.

그제야 혜주 생각이 났다. 제대로 검사를 받고 왔어

야 했는데 원장의 갑작스런 호출로 검사는 물론 병명조차 알지 못하고 돌아왔다. 열에 들끓어 울고 있지는 않을지, 미처 시모가 발견하지 못하고 있는 건 아닌지 불안했다. 시모에게 전화했다. 전화를 받지 않는다. 남편에게 전화했다. 남편도 전화를 받지 않았다. 민서 엄마, 아빠는 찾아온다고 하고, 혜주는 아프고, 시모도 남편도 전화는 받지 않고 모든 게 엉망진창이었다. 점심을 먹고 난 후 민서 엄마가 공기업에 다닌다는 남편과 같이 왔다. 민서 아빠의 짙은 눈썹과 큰 덩치는 원무실 분위기를 압도하고도 남았다. 민서 아빠는 오히려 민서 엄마보다 차분하게 커피를 마시며 앉아 있었다.

"귀에 상처가 난 다음부터 우리 민서가 어린이집에 안 가려고 해요. 제 마음이 너무 아픕니다."

민서 엄마는 손수건으로 눈두덩을 훔쳤다.

"말씀드렸듯 그날 정말 아무 일도 없었습니다."

나는 귀를 보지 못한 것에 대해 먼저 사과했다. 더 세심하게 살피지 못한 것에 대한 사과였다. 어떻든 기억이 없고, 기억이 없는 건 사실이었다. 그렇긴 하지만 민서 귀를 잡아당겼다는 오해에 대해서까지 무조건 사과할 수는 없었다.

민서 엄마는 가만히 앉아 있기만 하는 남편 쪽을 슬쩍 쳐다보았다. 왜 아무 말도 안 하고 있느냐는, 거들어 달라는 듯한 표정이었다.

"오해는 꼭 푸셨으면 합니다."

"CCTV 따윈 보지 않아도 돼요. 선생님을 믿지 못해서 그러는 게 아니니까요. 내 말은, 그저 불안해서….”

민서 엄마는 불안하다는 말에 힘을 줬다. 말로는 믿어도 마음은 그렇지 않다는 의미로 들렸다.

"같이 근무하는 김 선생님 말이에요. 너무 무뚝뚝하지 않나요? 인사도 하는 둥 마는 둥, 기분이 별로 좋지 않네요."

불만이 엉뚱하게 김 선생에게로 옮겨 갔다. CCTV 되감기해서 볼 때 내가 자리를 비운 것을 문제 삼은 것처럼.

"김 선생님, 그런 분 아니에요. 잘 이야기할게요. 그럼, 아버님도 조심히 가십시오."

조수석에 올라타는 민서 엄마의 모습을 물끄러미 바라다보았다. 입은 웃고 있었지만 표정은 화난 것 같기도 하고 울 것 같기도 했다.

원장의 얼굴이 한결 부드러워졌다. 터벅터벅 계단을 올라오는 나를 보자 동료 선생들이 민서 엄마의 이상한 행동에 다들 한마디씩 했다.

다음 날도, 그다음 날도 민서 엄마는 자신이 한 말과 다르게 몇 번씩 CCTV를 보러 왔다. 민서가 어린이집 가기를 싫어하고 손가락 빠는 버릇까지 생겼다고 했다.

일을 할 때나 집에 있을 때나 민서 엄마로부터 문자가 왔다. 불면증에 시달린 지도 여러 날이다. 약을 먹어야 겨우 잠을 잘 수 있었다. 점점 수면제 개수가 늘어났다. 남편도 짜증을 내는 횟수가 많아졌다. 아침이 되면 알수 없는 두려움에 사로잡혔다. 출근 때면 어린이집에 가기 싫다고 떼쓰는 아이 마음이 되었다.

오늘은 방송 촬영이 있는 날이다. 얼마 전 방송국에서 어린이집을 방문하고 싶다는 연락이 왔었다. 아동학대 사건이 빈번하게 일어나는 이때 우수 어린이집을 소개함으로써 부모들의 불안감을 없애 주자는 취지라고 했다. 마침 우리 어린이집이 선택되었다는 것이었다. 우리 어린이집만큼 건강한 먹거리와 좋은 환경을 갖춘 곳도 없다는 원장의 대대적인 홍보를 보고 온 모양이었다. 방송 준비를 했다. 학부모와의 인터뷰는 어린이집에 협조는 물론 관심도 많은 데다 말까지 잘하는 민서 엄마로 자연스럽게 정해졌다. 본인도 원했다.

열두 시쯤 도착한 기자는 주방에서 식판을 찍고 점심 먹는 모습도 여러 컷 찍었다. 인터뷰를 하기로 한 민서 엄마는 흰색 블라우스와 검정 플레어스커트를 입고 왔다. 민서 엄마는 연못 옆에 마련된 테이블 의자에 앉아 대기하고 있었다. 살짝 흔들린 치마 탓인지, 민서 엄마의 표정이 설핏 흔들리는 것 같았다. 준비한 대본과는 완전히 달라져 버린 요 며칠 상황에 민서 엄마도 감정 정리가 안 되어 있는 것 같았다. 스스로도 당혹스러웠을 것이었다. 아동학대 문제로 가슴이 많이 아파요. 우리 어린이집은 그런 문제로부터 자유로워서 마음이 놓여요. 우리야 행운이죠. 복잡한 심경이었을 터임에도 민서 엄마는 웃으면서 인터뷰를 끝냈다. 한 편의 잘 짜인 연극이었다.

혜주는 병원을 갔다 온 뒤로 열이 내리고 설사도 멎었다. 울고 보채는 일도 뜸해졌다. 젖병을 소독하고 집 안 청소를 끝냈다. 모처럼 평온한 휴일 오후다. 아무 일도 일어나지 않음이 행복이라는 말의 어원이라던가. 한꺼번에 밀어닥친 며칠을 겪어선지 소소한 가사 노동이 그 어떤 휴식보다 달게 느껴진다. 일터는 사명감을, 집은 책임감을, 사회는 가족 사랑과 공경을 바란다. 원하는 것은 서로 달랐다. 각각의 기대들, 그리고 희망들. 불가능하고 부질없는 줄 알면서도 어떤 특정한 상황이 되면 어느새 나도 모르게 헛된 기대에 부응하려고 애쓴다. 그러다 힘에 부치는 순간 줄이 하나, 둘 끊어지듯 모든 게 와르르 무너지는 것 같은 기분이 든다. 인간관계는 더 복잡하게 얽히고 만다. 인간관계의 성패를 좌우하는 건 인간성이나 성격의 문제라기보다는 오히려 시간적 여유의 문제가 아닌가 싶다.

홈페이지에 아이들 활동 사진을 업로드하기 위해 노트북을 열었다. 어린이집 홈페이지 사이트 아래에 어린이집 교사의 행실을 고발한다는 글과 함께 지역 맘카페 주소가 링크되어 있었다. 나도 모르게 타이틀을 클릭했다. 어린이집 교사가 아이의 귀를 잡아당겨 연골이 파열되었는데도 잘못을 인정하지 않는 모습에 치가 떨린다는 내용이었다. 20여 개의 댓글도 달려 있었다. 민서 엄

마라는 걸 금방 알았다. 어린이집 홈페이지의 닉네임과
같았다.

민서 엄마의 글은 교사들의 아동학대에는 부모들의
무관심 탓이 크다며 함께 진지하게 고민해 보아야 할 때
라는 말로 시작하고 있었다. 아동학대 문제는 너그럽
게 넘어가면 반복될 수밖에 없는 구조이므로 이번 기회
에 다잡아 놓지 않으면 언제든 피해를 볼 수 있다며, 엄
마들이 교사를 견제해야 하고, 그 견제란 곧 학부모들의
관심을 의미한다는 게 글의 요지였다.

밤은 내내 지옥이었으나 어김없이 날은 밝아 왔다. 출
근을 하고 여느 때와 다름없이 등원 차량에 올랐다. 차
량 표를 보고 제일 먼저 가야 할 장소를 확인했다. 카페
글 때문인지 차에서 내리자마자 엄마들마다 학대를 한
선생님이 어느 반 누구인지, 내년에도 계속 근무를 하는
것인지 물어보았다. 등원 지도가 끝날 때까지 숱한 질문
에 시달리느라 차량 표와 아이 이름을 대조하는 일조차
어려울 지경이었다.

원장은 차가 도착했는데도 원무실에서 나오지 못했
다. 자세한 상황을 모르는 엄마들로부터 쇄도하는 문의

전화를 받느라 곤욕을 치르고 있었다. 동료 선생들은 시간이 가면 잠잠해질 거니까 잘 견뎌 내라고 했다. 그러면서도 나를 두고 뒷말을 하기도 했다. 그냥 죄송하다고 말했으면 되었을 것을 일을 키웠다며 질책하기도, 혹시, 설마 하고 의심하기도 했다. 모두들 자신이 당한 일이 아닌 것에 안도하는 듯 보였다. 자기 일이 아니면 위로도 뒷말도 쉬이 할 수 있는 것이었다. 다른 누구의 일은 관심 밖의 일일 뿐이다. 동료 선생들을 탓할 수는 없었다. 영혼 없는 위로나 응원 말고 그들이 무얼 할 수 있을까.

숲으로 체험 학습을 나갔다. 숲에서 느끼는 모든 것이야말로 산 경험이었다. 아이들도 나도 숲 체험을 좋아했다. 하지만 이런 기분으로 체험 학습을 가고 싶지는 않았다. 김 선생이 아이들을 인솔했고 나는 뒤에서 보조를 하며 무사히 체험을 마쳤다. 교실로 돌아온 아이들 얼굴 표정은 여전히 들떠 있다. 오후 시간이 흘러가고 있었다.

인터폰 소리가 2층에 울렸다. 나를 찾는 원장의 목소리가 다급하게 들렸다. 원무실에 들어서자마자 원장은 민서 엄마가 상해진단서를 떼서 나를 고소했다고 했다. 병명은 연골 파열이라고 했다. 원장은 진술서를 쓰러 가야 된다며 한숨을 길게 내쉬었다. 열 개 남짓한 계단조차 올라가기가 버겁다. 하필 왜 나일까? 동료 선생들 말처럼 머리 한 번 숙이지 않았던 게 잘못일까? 눈 한 번 감고 머리 한 번 숙였다면 이 일은 일어나지 않았을까?

일찍 조퇴를 했다. 나는 그동안 내게 일어났던 일을 남편에게 털어놓았다. 남편은 뭐 이런 엿 같은 일이 다 있느냐고 날뛰었다. 흥분을 하면서도 도와주지 못하는 걸 미안해했다. 아침에 나가 밤에 들어오는 남편에게 뭘, 어떻게 도움을 요청해야 하는지도 알 수 없었다. 남편도 혜주 일에 내 일까지 겹쳐 마음의 여유가 조금도 없는 모양이었다. 남편에게 뭘 기대한 건 아니었다. 그럼에도 외로운 마음이 드는 건 어쩔 수 없었다.

민서 엄마는 고소를 한 상태에서도 민서를 어린이집에 보냈다. 원장은 민서 엄마에게 어린이집 퇴소를 권했다. 민서 엄마는 이곳 아니면 다닐 데가 없고 졸업할 때까지 계속 다니고 싶다고 했다. 어린이집도 원장님한테도 불만이 없다고 애원하다시피 했다. 하지만 원장의 뜻을 꺾을 수 없었는지 민서 엄마는 그다음 날 퇴소를 했다. 원장은 사건이 1학기 내에 끝나기를 바라고 있었다. 질질 끌면 끌수록 원장에게도 어린이집에도 좋을 게 없었다. 내년 원아 모집에 큰 타격이 오리라는 걸 미리부터 걱정했다. 원장은 인사를 해도 짜증, 전달 사항을 말할 때도 짜증, 매사 짜증이었다.

원장은 학대 사건으로 감사가 더 심해졌다며 골 때리는 짓 때려치우고 노인 요양 시설이나 차리는 게 낫겠다고 전화기에 대고 넋두리를 했다. 원장은 어린이집을 돈 안 되면 문 닫는 장사쯤으로 생각하는 것 같았다.

경찰서에 진술서를 쓰러 갔다. 토요일인데도 남편은 회사일로 아침 일찍 나갔다. 비가 추적추적 내렸다. 경찰서 문 앞에서 우산을 접었다. 내 마음 한구석도 소리 없이 접혔다.

비가 오는 궂은 날씨에도 원장과 동료 선생들이 와 있었다. 같은 동료로서의 의리 같은 거였다. 나는 인사를 하고 엘리베이터를 탔다.

덩치가 좋은 형사가 의자에 앉아 있었다. 형사는 이름과 나이를 물었고 다짜고짜 왜 민서를 때렸느냐고 했다.

나는 그런 적이 없다고 대답했다.

"네 살 아이는 거짓말을 합니까? 안 합니까?"

형사가 책상 바닥을 서너 번 내리쳤다.

"네 살짜리도 당연히 거짓말을 합니다."

"일고여덟 살 아이는 거짓말을 해도 네 살짜리 아이가 어떻게 거짓말을 합니까? 그 순수한 영혼이."

"그렇지 않습니다. 다른 동료 선생들한테도 물어보세요."

"그럼 민서가 거짓말을 했단 말입니까?"

갑자기 형사의 목소리가 높아졌다.

"저는 민서 보고 거짓말을 했다는 게 아닙니다. 네 살짜리도 거짓말을 한다고 했을 뿐입니다."

형사는 민서 엄마가 제출한 상해진단서와 동영상 파일을 보여 줬다. 진단서에서는 연골 파열이라는 의사 소견이 명시되어 있었다.

형사가 동영상 파일을 틀었다. 거실 소파에 민서가 앉아 있다. 귀를 만지며 운다. 귀를 아프게 한 사람이 누구냐고 민서 엄마가 묻는다. 민서는 한순간의 망설임도 없이 성소영이라고 대답한다.

"여기 증거가 다 있지 않습니까?"

형사는 잘못을 시인할 것을 재촉했다. 처음부터 형사는 모든 걸 내 탓으로 몰아갈 생각인 듯했다.

"민서 어머니께서 울면서 하소연을 하셨어요. 민서가 얼마나 아팠으면 교실 바닥에 엎드려 있었겠냐며 너무 마음이 아프다고 하시더군요."

"그건 아파서가 아니라 물을 마시고 더워서 엎드려 있었던 겁니다. 아팠으면 울고 펄쩍 뛰는 모습이 보여야 되는데 형사님도 보신 것처럼 아무 행동을 하지 않았잖아요."

내 목소리가 이렇게 컸나 싶을 정도였다. 답답한 노릇이었다.

형사는 교실 모습을 저장해 온 CCTV 화면을 켰다. 민서에게 한 대로 똑같이 재현을 해 보라고 했다. 나는 신발을 벗었다. 그때 당시 상황 그대로 키 높이를 맞춰야 했다. 형사는 나의 앞모습, 옆모습, 뒷모습까지 줄자로 길이를 쟀다.

"민서 귀를 만졌죠?"

"귀를 만진 게 아니라 몸 전체를 다 확인하던 거였어

요."

아무리 같은 말을 여러 번 해도 형사는 같은 질문만 반복할 뿐이었다. 시간이 지루하게 흘렀다.

"귀를 확인한 게 아니라고 우기는데, 귀를 봤습니까? 안 봤습니까?"

뭔가 질문이 이상해지는 느낌이 왔다. 문득 CCTV를 등진 채 서 있는 내 모습을 확대해서 보던 민서 엄마의 얼굴이 떠올랐다. 덫에 걸린 기분이었다.

"귀도 봤겠죠?"

나는 대답을 했다.

"결국 귀를 만진 게 맞구먼."

형사는 확신에 찬 표정을 하고 있었다. 진실을 찾는 것 따윈 중요하지 않았다. 귀찮은 사건을 빨리 처리하면 그걸로 끝이다.

추적추적 내리던 비가 더 굵어졌다. 바람 소리가 창문을 세차게 내리쳤다.

참고인 조사가 끝났다. 김 선생은 그날의 상황을 있는 그대로 말했다. 나에게 유리한 증언이 될지 알 수 없었다. 김 선생이 밖으로 나가자 나와 형사도 자리에서 일어섰다. 지문을 인식하러 1층으로 내려갔다.

1층에 내려온 나는 열 손가락의 지문을 찍고 사진도 찍었다. 형사들이 사진 찍고 있는 나를 흘끔흘끔 쳐다보았다. 지옥 같았던 시간을 보내고 문을 열고 나왔다. 남편이 우산을 든 채 성큼성큼 걸어왔다. 남편은 앞만 응시한 채 빗속을 뚫고 운전을 했다.

"어떻게 그럴 수가 있어?"

"누구? 민서 엄마? 원장? 아니면 나? 누가 그럴 수가 없다는 말이야. 그렇다는 게 도대체 뭐야?"

"당신….."

남편은 뭔가 말을 더 하려다 이내 앞창으로 시선을 돌렸다. 머리는 텅 비어 오고 나는 어떻든 빨리 집으로 가고 싶은 마음밖에 들지 않았다.

나는 남편의 만류에도 불구하고 기어이 출근을 했다. 인수인계라도 해 주고 오겠다며 고집을 부렸다. 아니 아동복지센터 사람들이 온다는 말에 출근을 해야 했다. 아동학대 사건이 터지면 경찰뿐 아니라 복지센터에서도 어린이집을 방문하는 게 절차였다. 여자 직원과 남자 직원 두 명이 왔다. 남자 직원은 아이들 심리 상태를 알아

봐야 된다며 교실로 갔다. 나와 여자 직원은 원무실에서 이야기를 나누었다. 오늘은 이랬다, 내일은 저랬다, 민서 엄마 마음을 잘 모르겠다고 내 솔직한 마음을 털어놓았다. 내 말을 믿어 주든, 안 믿어 주든 상관없었다. 여직원이 내 눈을 바라보며 고개를 끄덕였다. 단지 고개 한 번 끄덕여 줬을 뿐인데 무슨 큰 위로라도 받은 듯 울컥했다.

일주일 휴가를 냈다. 원장은 대체 교사를 구했다.

며칠 사이 바지허리가 헐렁했다. 혜주가 보고 싶다. 혜주 얼굴을 본 기억이 없었다.

남편은 나의 상황을 참고 이해하려고 애썼다. 하지만 며칠 동안 계속 울고 잠 못 이루는 나를 보자 급기야 괜한 일을 만들어 구설수에 오르게 하냐고 소리를 질렀다. 내가 귀를 잡아당기기라도 한 것처럼 믿지 못했다. 남편은 저성과자로 찍히지 않으려고 회사일 외에는 눈도 귀도 닫았다. 새벽부터 독일어 학원을 다니며 야근까지 했다. 휴일이 없다. 살아남고자 하는 몸부림이었다. 남편을 탓할 노릇도 못 되었다.

남편과 대화를 나눈 지도 오래되었다. 남편은 말없이

출근을 하고 말없이 잠자리에 들었다. 똬리를 튼 뱀처럼 나는 더 깊이 몸을 말았다. 방은 어느새 어둠이 내려앉았다.

휴가를 낸 지 4일째다. 모든 게 원장 탓, 남편 탓 같아 분노가 일었다. 그러다가도 순식간에 다 내 탓 같아 죄책감이 일었다. 하루에도 하릴없이 방과 거실을 왔다 갔다 했다. 내가 봐도 정상이 아니었다. 치료까지 받아야 한다는 사실에 화가 치밀었다.

나를 상담하던 의사는 마음을 다잡아야 된다고 말했다. 나는 나의 무고함을 알리기 위해 뭐든 해야 했다. 변호사를 찾았다. 변호사도 정황상 나에게 불리하다는 말만 반복했다. 방송도 한몫했다.

나는 민서 엄마가 보낸 사진을 들고 피부과, 소아과, 내과를 다 돌아다니며 보여 주었다. 내가 찾아간 의사들은 하나같이 더운 날씨 탓에 생기는 습진이나 땀띠 같은 것이라 알려 주었다. 연골 파열이라고 진단을 내린 의사가 이상하다고 고개를 갸웃했다.

탄원서도 들고 경찰서로 갔다. 형사는 탄원서에는 관심도 없었다. 나는 탄원서를 들고 계단을 내려왔다. 1층 입구 쪽 '국민을 위해 최선을 다하는 희망의 경찰'이라는 글귀가 눈에 띄었다. 내 말 따윈 들으려고 하지 않던 형사가 떠올랐다. 긴 싸움이 될 것 같은 두려움이 훅 밀려왔다.

막 택시를 잡아타려는데 벨 소리가 울렸다. 남편이었다. 남편은 거의 겁에 질려 있는 듯한 목소리로 겨우 말을 이어갔다. 시모가 낮잠을 자고 일어나 보니 혜주가 축 늘어져 있었다고 했다. 우유까지 다 토하고 몸이 불덩이라며 남편에게 부랴부랴 전화를 한 모양이었다.

택시에 올랐다. 입이 타 들어갔다.

응급실에 도착했을 때 혜주는 링거를 맞고 있었다. 열이 떨어지지 않았다. 의사는 세균성 뇌수막염이라고 했다. 상태를 지켜보자고 한다. 아무것도 기억이 없다. 어디서부터 잘못된 것일까.

일주일 휴가를 끝내고 어린이집으로 출근했다. 원무실에 있는데 전화벨 소리가 울렸다. 형사로부터 온 전화였다. 국과수에서 무혐의로 결과가 나왔다고 했다. 귀를 잡아당기려면 팔이 굽혀진 상태여야 하는데 팔이 굽혀진 적이 없었다는 것, 민서 귀 부분에 내 손이 머물지 않았다는 것, 귀를 앞뒤로 잡아당기는 모습이 보이지 않았다는 것, 전체 동영상에서 민서 몸을 훑어보는 시간이 아주 짧았다는 것이었다. 그런데 문제는 민서 엄마가 결과를 인정하지 않은 채 계속 거짓말 탐지기 검사를 요구하고 있다는 것이다. 형사는 마치 문서를 읽어 주듯이 자기 할 말만 하고 전화를 끊었다.

온몸에 힘이 풀렸다. 원장은 민서 엄마를 무고죄로 맞고소할지 물었다. 원장은 내가 맞고소하기를 부추겼다. 불려 가는 번거로움은 싫으나 우리 원은 그런 폭력에 휘말린 적이 없다는 걸 증명은 하고 싶은 것 같았다. 그럼에도 아동학대 사건의 당사자인 내가 그만두었으면 하고 바라는 듯했다. 원장은 내게 어서 나가 보라는 손짓을 하고는 책상을 정리했다.

원무실을 나오는데 문자가 왔다. 담당 형사였다. 다시 기소가 유예됐다는 것이었다. 민서 엄마가 재검사를 해 달라고 국과수에 영상을 보냈다고 했다. CCTV 화질이 좋지 않은 걸 문제 삼았다며 마무리 되려면 시간이 더 필요하다고 했다. 처음부터 모든 절차를 다시 시작해야 한다는 의미였다.

목련이 진 놀이터에 어느새 짙은 초록의 잎들이 너울
댔다.

사려니 숲의 휘파람새

하이힐 소리가 났다. 소리는 1층 코너를 돌아 2층 일곱 번째 계단에서 멈춘다. 잠깐 숨이라도 돌리나. 다시 코너를 돌아 3층 계단을 딛는다. 또각또각 리듬에 맞춘 듯 경쾌하다. 하이힐 소리는 스물한 개 계단을 밟고 나서야 3층 문 앞에 섰다. 여기 유성빌라에서는 처음 듣는 소리다. 굽 높은 펌프스 구두다.

　침대에 누워 자려는데 의자 끄는 소리가 난다. 301호다. 가구라도 옮기나 싶다. 이사온 지 사흘이 지났는데도 아직 짐 정리가 덜 됐을까? 혼자 사는 집에 옮길 가구가 많지도 않을 텐데. 발 덮개를 하지 않은 식탁용 의자다. 질질 끄는 소리가 잠시 멈춘다. 조금 있다 의자가 픽 하고 쓰러졌다. 누군가 항의하러 갈 것 같은 큰 소리다. 그런데 아무도 움직이지 않는다. 어느 집 대문도 열리지 않았다. 이곳 빌라 사람들은 소음에 너그럽다.

다시 의자 끄는 소리가 들린다. 슬리퍼 소리와 의자 끄는 소리가 뒤섞였다. 바람 소리가 난다. 베란다 쪽이다. 귀가 자꾸 소리를 쫓는 통에 나는 결국 일어나 앉았다. 의자가 좀 전보다 더 큰 소리를 내며 넘어졌다. 분명히 발로 차는 소리다. 의도적으로 의자를 넘어뜨린 것 같다.

마지막 손님을 보내고 칼국수로 점심을 해결했다. 늦은 점심을 먹은 탓인지 잠이 쏟아진다. 301호 의자 끄는 소리 탓에 잠을 못 잔 까닭도 있었다. 나는 하품을 크게 하고 기지개를 켰다. 약재는 고온 고압에서 다섯 시간째 끓는 중이다. 약재가 끓는 동안 갈근, 마황, 맥문동, 패모, 백합 등을 섞어 약첩을 쌌다. 요새 감기 환자가 부쩍 늘었다. 한 켠에 썰어 놓은 감초가 수북하다. 한의원 원장은 중국산으로 눈속임을 한다. 국산 감초는 모양이 균일하지 않고 절단면 색이 옅다. 그에 비해 중국산은 크기도 일정하고 절단면 색이 진하다. 약재의 향을 맡아 보면 국산과 중국산이 확연히 다르다. 말린 상태를 보면 한 번 말린 건지 몇 번 쪄서 말린 것인지도 알 수 있다. 우리만 중국산 사용하는 게 아니라니까. 백출은 가격 차이가 네 배나 돼. 효력이 떨어지는 것도 아니고 벌레도 안 생겨. 중국산을 쓰는 한의원이 얼마나 많은데. 원장은 스스로 합리화라도 하려는 듯 약재를 맡길 때마다 내게 해명을 하곤 했다. 환자에게는 중국산을 써도 식구들에게는 국산 약재만 골라 보약을 짓고 아플 때마다 한의원으로 불러 직접 돌본다. 겉으로 보면 원장은 그지없이 착한 남편이자 좋은 아빠다. 하지만 딱 그만큼이다.

추출기 불을 껐다. 얼마나 달여야 하는지, 언제 불을 꺼야 하는지, 지켜보지 않아도 귀가 먼저 안다. 살림 고수가 밥 익는 냄새만으로도 밥이 가장 맛있는 때를 아는 것처럼. 가끔 소리를 잘 듣는 게 도움이 될 때도 있다.

한약 포장까지 마치고 옷을 갈아입었다. 진료실 문을 두드리려는 순간 물건 떨어지는 소리가 났다. 환자가 없는 한가한 때 원장은 간호조무사와 그렇고 그런 시간을 보낸다. 두 남녀의 거친 숨소리와 조무사의 유니폼을 벗기는 소리가 들렸다. 듣고 싶지 않아도 들린다. 가끔 소리를 잘 듣는 게 난처할 때도 있다. 두 남녀를 뒤로하고 밖으로 나왔다.

알바만 6년째다. 확실치 않은 미래에 대한 불안감도 시간이 지나면서 어느새 무뎌졌다. 언제부턴가 퇴근길이 그다지 우울하지도 않다. 알바를 계속하다 보면 정규직 같은 느낌이 든다. 일 자체로는 알바나 정규직이나 별 차이가 없으니까. 맨몸뚱이로 바람 앞에 서 있는 것처럼 나를 보호해 주는 건 아무것도 없다. 억울할 일도 뭐도 아니다. 지금 알바를 하고 있지만 더 큰 꿈을 이루기 위한 단계일 뿐이다. 언젠가 내가 하고 싶은 일을 할 수 있는 날이 오리라. 나는 안다. 다 자기 최면일 뿐이란 걸.

빌라로 가려면 정류장에서 한참을 더 걸어야 한다. 빌라는 지은 지 20년이 넘었다. 교통이 불편한 건 물론이고 건물은 화재로 그을린 것처럼 우중충했다. 비가 오기라도 하면 매번 누수가 생기고 정전도 잦다. 유성빌라, 이름만 근사하다. 머지않아 이 빌라도 유성처럼 사라져 버릴지 모른다.

하이힐이 이 낡고 별 볼일 없는 빌라로 이사를 들어오

다니. 유성이 떨어질 만한 사건이다.

202호 윤 씨 아내가 문 앞에 서 있다. 윤 씨는 현관 비밀번호를 자주 바꾼다. 귀가가 늦은 아내를 엿 먹이기 위해서다. 며칠 전 비밀번호 바꾸는 소리가 나더니 또 저러나 싶다. 나는 비밀번호를 누르다 말고 어쩔 줄 몰라 하는 윤 씨 아내를 쳐다보았다. 비밀번호를 가르쳐 줄까 싶기도 하다. 남의 집 비밀번호까지 알고 있냐고 물으면 할 말이 없다. 번호를 알려 주려면 구차한 변명을 해야 한다. 귀찮은 일이다.

핸드폰 번호나 도어락 비밀번호를 알아내는 건 식은 죽 먹기다. 번호 키를 누르면 두 가지 톤의 혼성음이 난다. 두 가지 톤을 조합하면 특정한 음정이 잡힌다. 각각의 번호에는 각각의 구별되는 음정이 있다. 처음에는 내가 특별히 소리를 잘 듣는 사람인 줄 몰랐다. 다른 사람들도 세심하게 들으면 소리를 구별하는 줄 알았다. 그런데 여러 사건을 겪으면서 남들보다 소리를 잘 듣는다는 걸 알게 됐다.

언젠가 401호 지수네에서 부부 싸움이 크게 났다. 머리가 쿵 하고 벽에 부딪히는 소리가 들렸다. 뒤이어 누군가 쓰러지는 소리가 나더니 잠잠해졌다. 지수 아버지 목소리도 더 이상 나지 않았다. 무슨 사달이 난 것 같아 심장이 서늘했다. 나도 모르게 지수네 비밀번호를 누르고 집으로 들어갔다. 지수 아버지가 깜짝 놀라 나를 쳐다보았다. 사람이 다친 건 문제가 아니었다. 어떻게 비밀번호를 누르고 왔느냐가 더 큰 문제가 됐다. 지수 아버지가 경찰에 신고를 했다. 경찰에게 이상한 놈 취급만 받았다. 지수 엄마와는 무슨 관계냐에서부터 그 집 비밀번호는 어떻게 알았느냐 한 시간 내내 취조를 받고 나왔다. 남들이 듣지 못하는 소리까지 듣는다는 내 말은 도무지 먹히질 않았다. 도어락 비밀번호 푸는 걸 직접 보여 주고 나서야 풀려났다. 잔 물건이 없어지거나 도둑이 들었다는 소문이 돌기만 하면 괜히 마음이 불편했다. 이웃 주민들도 그럴 것이다. 일상의 소리가 문밖으로 나간다는 건 누구에게나 불편한 일일 터였다.

냉장고에서 어제 남은 밥과 김치를 꺼냈다. 몇 숟가락 뜨다 내려놓았다. 101호 장 씨 아줌마가 세탁기를 돌린다. 어김없이 헹굼 세 번, 탈수 7분이다. 포차를 하는 202호 윤 씨가 요즘 찾기도 힘든 뽕짝을 튼다. 윤 씨의 턴테이블은 1분에 일흔여섯 번 돈다. 401호 지수 엄마가 욕실에서 목욕을 한다. 물소리가 꽤나 길다. 물소리 사이로 흐느끼는 소리가 들린다. 점점 울음소리가 최고조에 달하다 어느 순간 멈춘 듯 조용해진다. 의식과도 같은 목욕이 끝났다. 지수 엄마의 제의적 목욕과 눈물은 어쩌면 구질구질한 이 빌라에서 오래 살게 하는 끈은 아닐지. 그 느낌은 내가 잘 안다. 한바탕 울고 나면 인생 뭐 있나, 별것 아니라는 턱없는 배짱이 생기기도 한다. 혹은 원래 삶이란 무의미한 것이니 일상의 반복을 견뎌 낼 수밖에 달리 도리가 없다는, 유치하나마 실존 인식 같은 것이 생기기도 한다. 샤워기 잠그는 소리와 함께 욕실 문이 닫힌다. 수면제인지 비타민인지 알 수 없지만 약병을 흔든다. 그리고 뒤를 이어 지수 아버지가 화장실로 들어간다. 소변 보는 소리가 시원하지 않다. 오늘 특히 오래 앉아 있다. 완전 변비다. 스물네 시간 중 자고 먹고 출퇴근하는 시간 빼고 남은 시간 똥을 싼다. 아까운 시간을 화장실에서 다 보낸다. 지수 엄마의 샤워 소리와 지수 아버지의 변기 물소리는 들을 때마다 애잔하다.

빌라 사람들은 밤이 아침이고 아침이 밤이다. 남들 자

는 밤에 세탁기를 돌리고 가구를 옮긴다. 뽕짝을 틀고 샤워를 한다. 밤에 나간 아버지는 아침에 라면을 끓이고 아침에 나간 아이들은 별을 보며 들어온다. 하루 벌어 하루 먹고사는 사람들이 대다수다. 가족이 모여 밥 먹는 소리를 별로 들은 적이 없다. 된장국 끓이는 냄새를 맡을 때보다 라면 봉지 뜯는 소리를 들을 때가 더 많다.

비밀번호를 누르는 소리가 들렸다. 홍주였다. 일을 하고 온 탓인지 수척해 보인다. 홍주의 얼굴 표정은 그날의 근무표다. 이번 주는 아침 6시 반 출근, 오후 4시에 퇴근하는 데이 주간이다. 병원 창립 행사 때문에 신입 간호사들끼리 율동 연습을 하고 돌아오는 길이라고 했다. 병원일만 해도 죽을 지경인데 율동 연습이라니, 돌아 버리겠다며 들고 있던 가방을 내던졌다. 그러나 빈말이라도 홍주 마음을 달래 줄 기분이 아니다. 301호가 조용하다. 301호에 무슨 일이 일어나고 있는 걸까. 내 신경 줄 하나가 더듬이가 되어 천장을 더듬는다.

나는 옷을 벗었다. 홍주도 옷을 벗기 시작한다. 일주일에 세 번 홍주와 나는 몸을 섞는다. 거르는 날은 거의 없다. 서로 모자란 부분을 채우면 그걸로 된다. 깊은 관계 따윈 필요 없다. 그건 홍주가 더 원하는 일이다. 홍주는 다른 여자들처럼 별것 아닌 관계를 별것인 것처럼 생각하지 않았다. 나는 그 점이 마음에 든다. 홍주와 나의 관계가 지속되는 이유다. 병원일도 특별히 좋아서 하는 것 같지는 않았다. 그리고 보면 홍주와의 관계도 특별한 건 아무것도 없다.

홍주의 가슴을 빨았다. 신음 소리를 냈다. 매번 관계가 뭐 그리 만족스러울까만 오늘따라 홍주의 표현은 과도하다. 몸을 섞을 때면 홍주는 스스로 몰입하려는 듯 목소리를 높이거나 몸의 자세를 여러 번 바꿨다. 처음에는 끙끙거리는 소리를 내더니 차츰 영화 속 남녀처럼 교성을 질렀다. 소리만 들어도 거짓이라는 걸 안다. 셀프 효과음이다.

홍주에게 말한 적은 없다. 홍주도 나도 자기기만에 능했다. 한참 몸을 섞다가도 문득 홍주는 꼭 내가 아니라도 괜찮았을 거라는 생각이 들기도 한다. 어느 때부턴가 나 역시 꼭 홍주여야만 했던 건 아니었으니까.

— 지웅이 너 이상해.

— 뭐가?

— 평소와 달라.

— 어떻게 다른데?

— 너무 몸 사리는 거 아니야?

하긴, 아까부터 느낀 거다. 오늘은 할 맛이 안 난다. 입맛이 없는 것처럼. 홍주 때문만은 아니다. 홍주와 뒹굴고 있는 게 이상하게 불편하다. 나는 몸을 벌떡 일으켰다. 홍주가 놀란 토끼 눈을 하고는 나를 쳐다보았다.

— 무슨 소리 안 들려?

— 무슨 소리가 들린다고 그래.

홍주도 몸을 일으켰다.

— 의자 소리.

— 또 소리 얘기야?

홍주가 옷을 입었다. 말은 안 했지만 화가 난 표정이다. 홍주가 나갔다. 모든 게 뒤죽박죽이다. 의자 끄는 소리가 귓가에 뱅뱅 돌았다.

오전 8시 30분, 여자의 출근 시간이다. 한 번도 늦거나 빠른 적이 없다. 또각또각 펌프스 구두다. 나는 재킷을 걸치고 현관문을 나섰다. 여자가 계단을 내려오며 누군가와 통화를 하고 있다. 목소리가 시큰둥하다. 얼굴을 직접 본 건 처음이다. 그럼에도 소리를 통해 여자의 일상을 나름으로 가늠하고 있었다. 여자를 알고 있기나 한 듯 익숙하게 느껴진다. 어떤 이미지를 그려 본 건 아니지만 눈앞의 저 얼굴은 상상해 본 적이 없다. 흰 바지와 핑크빛 아우터. 갸름한 얼굴에 눈썹이 짙다. 얼굴에 비해 눈, 코, 입이 지나치게 크다. 어린 시절에 봤던 순정만화 주인공처럼 얼굴이 꽉 차 보였다. 여자는 내가 계단에 서 있다는 걸 그제야 알아챈 모양이었다.

— 며칠 전 이사 오셨죠?

— 예.

— 천지웅입니다.

— 성미래예요.

여자가 가볍게 인사를 한다.

— 그럼.

더 이상 볼일이 없다는 이웃치레 말투다.

여자가 무슨 일을 할까. 약재를 썰다 말고 아침에 마주친 여자 생각을 했다. 의자를 끄는, 그런 이상한 행동 따위를 할 여자처럼 보이진 않았다. 아주 멀쩡했다. 여자에게 관심이 가는 특별한 이유가 있는 것도 아니다.

그런데도 여자에 대한 궁금증이 하루 종일 따라다녔다. 조그마한 소리도 자꾸 귀에 걸린다.

가랑비가 내렸다. 아침나절만 해도 화창하던 날씨였다. 약재 정리가 끝났다. 빈둥빈둥 시간을 죽였다. 퇴근 시간이 가까워졌다. 손님이 많지 않았다. 진료실 문을 두드리는 촌스러운 짓 따윈 하지 않는다. 원장이 보든 보지 않든 나는 닫힌 문 앞에서 목례를 하고 밖으로 나왔다.

우산 없이 걸었다. 간판이 젖고 바지가 젖는다. 사람들 모두 젖은 길을 걸어간다. 이 글을 쓴 시인도 허접한 일을 마치고 별 볼일 없는 기분으로 이 길을 걸어 본 적이 있었을까. 맥주 생각이 간절하다. 젖은 길 그리고 맥주. 주머니를 뒤적거렸다. 천 원짜리 지폐 두 장과 동전 몇 개가 나왔다. 개뿔, 겨우 캔 맥주 하나 살 돈이다. 주머니 안에 도로 돈을 집어넣고 연습실로 갔다.

연습실에 도착하니 멤버들이 노래를 듣고 있다. 왼손잡이. 밴드 이름이다. 녀석들 모두 왼손잡이다. 오늘은 댄스 음악을 몇 곡 들어 보고 연주할 곡을 고르기로 했다.

직장인에게 취미 활동이란 삶이 그런대로 굴러간다는

자기 확인을 위한 처절한 몸부림 같은 거다. 아니면 좌절된 꿈과의 타협일지도.

— 더블베이스군.

펑키 댄스곡인데 더블베이스를 깔았다.

— 더블베이스?

기타 치는 녀석이 나를 쳐다보았다.

— 아무리 들어도 베이스 기탄데?

녀석이 이상하다는 듯 고개를 갸우뚱거렸다.

— 베이스 기타로 착각하기 쉽지. 베이스는 픽업을 달아 음을 전기 신호로 바꾼 거잖아. 멜로디보다 리듬을 중요하게 여기지. 주로 코드의 근음을 튕겨 소리를 내. 더블베이스는 멜로디의 진행을 더 중요하게 여겨. 뭐 그렇다고 리듬을 무시하는 건 아니지만. 중후하고 웅장한 느낌이 마치 양탄자를 까는 듯 현란하게 뛰노는 소리를 잡아 주지.

— 그런 소리도 들리냐? 짜식, 대단한데.

드러머였다.

— 그럼, 연습 시작해 볼까?

댄스곡 몇 곡 안 들었는데 연습을 재촉하는 것도 드러

머다. 녀석들 모두 각자 자리로 가서 연습을 시작했다.

솔직히 우리 밴드는 소리에 대한 감각이 제로다. 그러면서도 연습에 빠지는 녀석이 없다. 연습 시간은 칼이다. 밥이 나오는 것도 돈이 나오는 것도 아닌데 다들 목을 맨다. 누군가와 함께 밥 먹고 누군가와 저녁 시간을 같이 보내는 것. 그 시간만큼은 무력한 젊음의 무게를 견뎌 낼 수 있다. 곪은 상처를 꿰매는 시간이랄까. 혼자 삼각김밥만 먹지 않으면 괜찮다. 열정, 야망, 도전 의식. 청년이라는 단어에 붙어 다니는 것들이다. 내가 아는 현실에서 그런 건 없다.

밴드도 그렇다. 들여다보면 별 볼일 없는 집합소다. 좋아하는 장르도 없다. 어떤 녀석은 모던 락을, 어떤 녀석은 메탈을, 서로 추구하는 음악도 달랐다. 보컬 녀석은 소리는 좋은데 늘 반응이 높거나 낮다. 연습할 때면 서로 튀고 싶어 했다. 자신의 악기, 노래에만 집중하다 보니 다른 악기의 소리를 귀담아듣지 않는다. 결과는 뻔하다. 소리는 소음에 가깝다. 감각도, 화음도, 자세도 도대체가 맞는 게 없다. 조화를 이루어 음악에 빛을 입히는 것이 우리 밴드에겐 요원하다. 편의점 알바, 오토바이 배달원, 대기업에 다니는 녀석까지 마치 눌렸던 뭔가를 터뜨리려고 음악을 하는 놈들 같다.

대기업에 다니는 녀석은 입사 때부터 지금까지 상사에게 이유 없는 갈굼을 당하고 있다. 언제 회사를 그만둘지 알 수 없다. 배달하는 녀석 역시 언제 중국집을 뛰쳐나올지 모른다. 삼시 세끼를 자장면으로 때우는 데 진저리가 난다고 했다. 알바만 6년이나 한 나는 알바와 연주로 시간을 때우고 그럭저럭 홍주와 몸을 섞는다. 딱히 할 말이 없다. 그들과 별반 다르지 않다.

녀석들은 밴드 걱정은 하지 않는다. 그건 그리 중요하지 않다. 음악도, 미래도 우리들만큼이나 아슬아슬하기만 하다. 왼손잡이들은 내심 서로를 한심해한다. 밴드도 얼마 가지 못할 거다. 몇 번 악기를 두드리다 연습이 끝났다. 밖으로 나왔다. 늦은 밤 도시는 온갖 오염된 소리들을 토해 냈다. 구역질이 났다. 술을 마신 것도 아니고 연습을 하루 종일 한 것도 아닌데. 점심에 먹은 음식을 쏟아 냈다. 토사물 위로 형체를 알아볼 수 없을 정도로 퉁퉁 불어 있는 아버지 얼굴이 떠올랐다. 온기 없는 밤이다.

— 이게 무슨 소린지 알겠냐?

— 새소리잖아. 호오 호께꼬 케꼬 하고 우는데? 근데 다른 새소리하고 느낌이 달라.

— 그래?

아버지의 목소리가 아이처럼 들떴다.

— 새소리가 다 같지, 다르긴 뭐가 달라! 그 소리가 그 소리지. 당신 때문에 얘까지 자꾸 헛소리를 하잖아.

엄마가 밥상을 들고 들어오며 지청구를 했다.

— 어떻게 다른 것 같냐?

아버지는 대화가 끊길까 애닳아 바짝 당겨 앉으며 더 깊은 질문 속으로 나를 데리고 갔다.

— 소리가 높고 청아해. 근데, 자세히 들으면 소리가 점점 낮아져서 슬퍼. 남자의 휘파람 소리 같아.

— 넌 슬프게 듣는구나.

내가 아버지와 같은 느낌을 가졌다는 게 기쁜 건지, 아버지 귀에 들린 소리가 틀린 게 아니라는 것이 증명되어서 기쁜 건지 아버지의 얼굴이 모처럼 환하다.

— 사려니 숲의 휘파람새야.

— 휘파람새?

― 마치 길고 가느다란 머리카락 같은 이끼가 온 숲을 둥그렇게 감싸고 있는 듯했어. 그런 신비한 곳에 사는 새지. 녀석들은 저녁이나 새벽에 노래를 더 잘 부르거든. 운이 좋으면 새벽녘에 녀석의 소리를 들을 수 있어.

아버지는 밥도 먹지 않고 급하게 일어섰다. 텐트와 옷, 녹음 세트를 챙겼다.

― 어디 가?

― 사려니 숲.

아버지가 현관문을 나섰다. 등에 매단 백팩 크기로 봐서 좋이 한 달은 돌아오지 않을 것 같다.

엄마는 남은 밥을 마저 먹었다. 나는 소리를 찾아 떠나는 아버지의 모습을 물끄러미 바라보았다. 멀리서 휘파람 소리가 났다. 사려니 숲의 휘파람새와 닮았다.

아버지가 떠나고 사흘째 전국적으로 큰비가 왔다. 아버지가 발견된 건 천마천에서다. 아버지는 형체를 알아볼 수 없을 만큼 퉁퉁 불어 있었다. 누군가 아버지 시체를 발견하고 신고한 모양이었다. 나는 아버지 물건이 담긴 텐트를 들고 돌아왔다.

전봇대 앞에 몸을 기댔다. 이마에 송골송골 땀이 맺혔

다. 엄마나 아버지를 알고 있는 사람들은 소리에 빠진 아버지를 이상한 사람처럼 여겼다. 어린 내 눈에도 아버지의 삶은 그다지 괜찮아 보이지 않았다.

돌이켜 보면 아버지 때는 그래도 꿈이라도 꿀 수 있었던 괜찮은 시절이었는지 모른다. 사람들은 인정하지 않았지만 아버지는 꿈에 살고 꿈에 죽었다. 스물아홉, 꿈조차 꾸기 어려운 지금의 나. 오늘만큼은 아버지가 나보다는 행복했으리라는 생각이 들었다.

밤 10시. 계단 밟는 소리가 들린다. 여자가 퇴근을 했다. 발자국 소리가 하나 더 들린다. 남자의 구두 소리다. 바닥을 밟는 소리가 묵직하다. 여자가 남자를 달고 왔다. 여자에게 남자가 있을 거라는 생각은 못 했다. 여자의 손이 빠르게 비밀번호를 누른다. 123031. 남자 구두 소리가 먼저 났다. 하이힐이 뒤따랐다. 문이 닫혔다. 거실에 들어서자마자 쿵 하는 소리가 났다. 급하다. 침대가 들썩인다. 삐걱거리는 소리가 유난히 크다. 여자의 신음 소리가 들린다. 간드러지는 소리와 헉헉거리는 소리가 뒤섞인다. 남자가 옷을 입는다. 바지 지퍼가 찍 하고 올라간다. 시간이 짧다. 시간이 짧다는 건 둘 관계가 좋지 않거나 언제든 깨질 수 있다는 뜻이다. 여자가 집으로 남자를 달고 온 까닭일까. 기분이 찜찜하다. 남자 구두 소리가 마음에 걸린다. 남자가 계단을 다 내려갈 때까지 나는 멍 때리고 있다. 담배가 고팠다. 문을 열고 나왔다. 계단 앞에 쪼그리고 앉았다. 담배를 물었다. 복도가 뿌옇다.

침대에 누웠다. 몇 번 뒤척이다 잠이 들었다. 의자 끄는 소리에 잠이 깼다. 잠잠한가 싶더니 또 시작이다. 의자가 큰 소리를 내며 넘어졌다. 그리고 한동안 아무런 움직임이 없다. 보통 때와는 조금 다른 느낌이다. 여자가 움직이는 소리도 전혀 들리지 않는다. 한 자리에 꼼짝없이 그대로 서 있기에는 지나치게 긴 시간이었다. 적막이 길어도 너무 길다. 나도 모르게 무슨 소리라도 나기를 기다리고 있다. 온몸에 소름이 돋는 게 기분이 이상했다. 현관문을 열고 계단을 뛰어 올라갔다. 잠깐 걸음을 멈춘 채 계단 난간에 기댔다. 남의 일에 끼어들었다가 또 무슨 봉변을 당하려고. 괜한 오지랖이지 싶다. 문 앞에서 잠시 망설이다 벨을 눌렀다. 반응이 없다. 어느새 내 손이 비밀번호를 누르고 있었다.

문을 열자마자 주변을 훑었다. 탁자 위에 몇 권의 책과 커피잔이 놓여 있을 뿐 TV는 없었다. 시크한 말투만큼 살림살이가 간결하다. 여자가 보이지 않았다. 방문을 열었다. 침대가 비어 있다. 화장실에 들어갔다. 다시 거실로 나와 베란다 문을 열어 보았다. 날 선 어둠이 빌라 주변에 웅크리고 있다. 베란다 한쪽 구석에 실루엣이 어른거렸다. 여자가 달팽이처럼 고개를 무릎 사이에 끼운채 몸을 말고 있었다. 여자 옆에 의자가 넘어져 있고 커튼이 찢겨져 있다. 여자가 고개를 든다. 눈동자가 흔들렸다. 나는 의자를 세웠다. 여자의 어깨를 가볍게 안았다. 알지도 못하는 남자가 문을 열고 들어온 거나 그 남자에게 아무렇지 않게 안기는 건 말도 안 되는 일이었다. 그런데 이상하게 룸메이트처럼 어색하지 않다. 여자도 그런 모양이었다. 여자가 내 어깨를 툭 건드렸다. 베란다 문 틈새로 찬 공기가 들어왔다. 여자가 나를 자신의 품으로 끌어당겼다. 연수나 엠티 정도는 참을 만해. 아니 참아야지. 취업 준비 삼 년 만에 들어간 회사니까. 그런데 교육 담당자들의 끊임없는 찝쩍거림은 속수무책이야. 같이 자야 교육 평가며 연수 점수를 잘 받을 수 있다네. 자고 나도 달라지는 건 없는데. 여자는 내 품에 파고들더니 한쪽 귀에 대고 속삭였다. 연습 많이 하면 결전의 날에 두려움 없이 갈 수 있을까? 놀이하듯 자꾸 의자를 넘어뜨리다 보면 그렇게 될까? 혼잣말하듯 말의 높낮이가 없다. 아무런 감정이 실리지 않은 채 중얼거리는 소리를 듣고도 어떤 대답도 할 수 없었다. 나는 여자를 안고 침대로 갔다.

안개가 낀 미로숲이다. 홍주와 손을 맞잡고 걷고 있었다. 홍주가 걷다 말고 참꽃보다 헛꽃이 먼저 핀다는 산수국 향기를 맡았다. 내 귀에 대고 무슨 말인가 속삭였다. 그 소리에 눈을 떴다. 여자의 숨소리가 고르게 퍼진다. 나는 여자 팔을 풀고 일어서서 계단을 내려왔다. 홍주는 마음이 이러니저러니 말했던 것 같다.

퇴근길에 편의점에 들러 라면을 샀다. 계단을 올라오는데, 여자가 계단 난간에 기댄 채 맥주를 마시고 있었다. 여자가 나를 보더니 손에 들고 있던 캔 맥주 하나를 내밀었다.

— 한잔할래요?

— 아, 그러죠.

나는 엉겁결에 맥주를 받았다. 몇 모금 홀짝거리는 나와 달리 여자는 단번에 맥주를 들이켰다. 생기가 없던 얼굴이 술기운 탓인지 홍조를 띠었다. 맥주 한 모금을 목으로 넘기는 순간 여자가 다 마신 캔을 머리 위로 흔들더니 계단을 올라갔다.

여자의 행동이 생뚱맞다. 의자 사건도 있고 그래도 조금은 여자가 친한 척할 줄 알았다. 맥주도 한잔했다, 서로 이름도 아는 사이다, 게다가 그날 밤 일도 있는데 여자는 마치 나를 이웃 주민 대하듯 굴었다. 나는 남은 맥주를 마저 마셨다. 여자의 뒷모습을 물끄러미 쳐다보았다.

홍주가 쉬는 날이다. 알바를 마치고 집으로 왔다. 거실에 펼쳐 놓은 텐트에서 한 시간 넘게 뒹굴었다. 가끔 텐트 안에서 한다. 홍주는 텐트에서 하는 것도 나쁘지 않다고 했다. 아니 오히려 재미있어했다. 그런데 오늘은 등이 아파서 못 하겠다며 벌떡 일어나 앉았다.

— 우리 관계도 얼마 남지 않았군.

끝이라는 말이 이렇게 쉽게 나올 줄 몰랐다. 그것도 아주 담담하게.

— 그런가? 이별 섹스네.

홍주가 나를 빤히 쳐다보았다. 사실 식탁 위에서, 거실 바닥에서, 빌라 계단에서, 욕조 안에서 닥치는 대로 몸을 섞었다. 그런데도 섹스만으로는 뭔가 꽉 찬 느낌이 들지 않았다. 채워도 채워지지 않는 느낌. 밴드에서 연주하고 난 뒤의 기분과 비슷했다.

— 이별 섹스?

— 그래. 네 말대로 이제 우리 관계도 끝이잖아. 마지막으로 하는 거네.

— 그런가.

나는 홍주가 한 말을 그대로 흉내 냈다.

— 시작이 있으면 끝도 있는 거니까.

홍주와 나는 동호회 회원 같다. 애정과는 별개로, 진짜 우정을 나누는 사이가 될 수도 있을 듯했다.

— 컵라면 정도는 함께 먹을 수 있겠지.

— 삼 분쯤이야….

내 말에 홍주가 웃었다.

— 텐트가 많이 낡았는걸.

홍주가 웃다 말고 텐트 이야기를 했다. 텐트가 군데군

데 찢어져 있다. 낡은 데다 찢어져 보수가 안 될 정도다. 그동안 잘 버텼다.

— 다시 쓰는 건 불가능하겠지?

— 찢어졌으니까.

홍주가 건조하게 대답했다.

— 맞다. 찢어졌으니까.

텐트 안에 있던 녹음기를 홍주가 껐다.

— 녹음기 말이야. 할 때마다 새소리 틀어 놓는 거. 깊은 산속에서 둘이 하는 것 같은 느낌이 들긴 했었어.

몸을 섞을 때 녹음기를 틀어 놓는 나를 보고 홍주는 사이코라고 했다.

— 꽃, 동물, 새, 모든 것들은 말이야 소리로 자신의 존재를 알리지. 우리와 다른 점이 있다면 거짓이 없다는 거야.

— 넌, 소리 이야기 말고는 할 말이 없지?

일주일이 지났다. 홍주는 한 번도 오지 않았다.

알바비를 받았다. 빌라 근처 치맥집으로 갔다. 시간이 이른 탓인지 가게 안이 한산했다. 창가 쪽으로 갔다. 301호 여자가 앉아 있다. 손을 번쩍 들고 여자를 아는 체할 뻔했다. 탁자에는 치킨과 빈 병 몇 개가 쌓여 있다. 여자는 벌써 꽤 마신 듯했다. 여자 옆으로 자리를 옮겼다. 알바생이 컵과 물수건을 가져왔다. 맥주와 안주를 시키는 동안 여자는 계속 맥주를 마셨다. 나 역시 맥주에 목이 말라 있던 터라 단숨에 들이켰다. 내가 컵을 탁자에 내려놓는 순간 여자는 맥주를 더 주문하려는 듯 고개를 들었다. 나와 여자의 시선이 부딪쳤다. 여자는 한동안 나를 물끄러미 바라보더니 시선을 피한다. 그러고는 알바생을 불렀다. 아무 표정이 없다. 별 의미가 없다는 반응이다.

— 이건 사는 게 아니야.

여자가 고개를 가볍게 흔들었다. 목소리가 낮게 깔렸다. 나는 여자가 남은 맥주를 다 마실 때까지 기다렸다. 여자는 몸 가누는 것조차 힘들어 보였다. 여자를 업고 빌라로 왔다. 123031. 비밀번호를 눌렀다. 여자가 곯아떨어졌다. 침대에 눕혀 둔 채 방을 나왔다.

재킷을 벗고 거실에 앉았다. 한쪽 구석에 주사기며 장갑, 솜, 링거 병, 구두 등 잡다한 것들이 널브러져 있다. 홍주가 병원에서 가져온 것도 있고 내가 주워온 것도 있다. 알바를 갔다 오면 나는 쓸데없이 두드리고 던지고 밟는다. 소음으로 들릴 것이다. 소리를 만드는 순간 꿈에 한 발 다가선 느낌이다. 가끔은 내가 하고 싶은 일을 하며 위로를 받는다. 아버지도 같은 마음이었겠지. 그런 생각을 했다.

쓰레기 더미 옆으로 아버지의 유품이 보였다. 그냥 버릴까 하다 내버려 둔 거였다. 먼지가 수북이 쌓여 있다. 유품 상자 안에 있는 녹음기를 꺼냈다. 아버지가 녹음한 것들이 담겨 있다. 볼륨을 높였다. 빗물 떨어지는 소리를 다섯 시간 가까이 녹음한 거였다. 반복적으로 녹음한 소리와는 비교도 안 된다. 강약이 다르고 리듬도 다르다. 마스터 테이프 자체가 디지털로 녹음되는 시대다. 데이터를 한 자리씩 끊어 정밀도를 높일 수 있는 현대식 방법이 있었지만 아버지는 잡음이 들리긴 해도 옛날 그대로의 방식을 고집했다.

나는 녹음기를 듣고 다시 또 들었다. 아버지가 그랬던 것처럼. 이상하게 눈을 감자 소리가 내 안으로 들어오는 것 같았다. 아버지에 대한 서운함은 사라지고 마음이 따뜻해졌다. 바람에 억새풀이 부대끼는 소리, 첼로 소리,

빗물 떨어지는 소리, 새의 날갯짓 소리, 돌멩이 구르는 소리까지 모든 소리가 내게 말을 건넨다. 기계음으로는 들을 수 없는, 날것의 소리, 두께가 다른 소리다.

다른 날보다 일이 일찍 끝났다. 당귀, 작약, 천궁, 지황, 사물을 넣고 스무 첩만 포장하면 끝이다. 포장한 한약을 탁자 위에 올려놓았다.

편의점에서 컵라면을 샀다. 저녁으로 때웠다. 배 속에서 면발이 퉁퉁 불었다. 마음 한구석이 퉁퉁 불었다. 인생 전부가 퉁퉁 분 것 같았다.

홍주가 찾아왔다. 일주일 만이다. 근무 전에 잠깐 들른 거라고 했다. 안부나 군더더기 같은 질문도 대답도 없었다. 홍주가 사자처럼 달려들었다. 내 꼴이 힘 빠진 암사자 신세다. 아, 아, 끊기는 듯한 단음을 내더니 격렬한 소리를 낸다. 귀를 속이는 교성은 여전했다. 절정의 순간에 막 다다르려는 순간 나는 몸을 벌떡 일으켰다. 의자 소리다. 여자가 말하던 결전의 날이 떠올랐다. 어디 가? 홍주의 말에 나는 대답도 하지 않은 채 대충 옷을 입고 밖으로 나왔다. 계단을 단숨에 뛰어 올라가 여자 집 비밀번호를 눌렀다. 여자가 머리를 풀어헤친 채

의자를 질질 끌며 거실 중앙을 어슬렁거렸다.

— 괜찮아요?

숨을 헐떡이며 물었다.

여자는 아무렇지 않다는 듯 고개를 끄덕였다.

— 아직, 그날은 아니에요.

여자가 나를 보고 씩 웃었다. 딴 세상 사람처럼 보였다.

여자의 텅 빈 웃음을 보는 순간 의자놀이 하는 여자의 기분이 어떤 건지 이해가 됐다. 그러면서도 그날이 언제일지 모른다는 사실에 불안했다. 불안하면서도 이해가 됐고 이해가 돼서 더 화가 났다. 마음이 갈피를 잡지 못할 만큼 복잡했다.

집으로 돌아온 내 꼴을 본 홍주가 짧은 한숨을 내쉬었다. 그러고는 주섬주섬 옷을 챙겨 입었다.

— 가는 거야?

— 응.

긴말이 필요 없다. 이제 홍주와 나는 긴말을 주고받을 사이도 아니었다. 문 닫는 소리가 거칠다. 나는 침대에 드러누운 채 TV를 틀었다.

알바를 그만뒀다. 1년 하기로 한 계약이 끝났다. 원장

은 아쉬워하는 표정 한번 짓지 않고 봉투를 건넸다. 재
계약하는 건 원장은 원장대로, 나는 나대로 부담스러운
일이었다. 마지막 알바비를 받고 집으로 왔다. 계단참에
서 301호 여자와 마주쳤다. 여자가 나를 보고 반갑게 아
는 척을 했다. 그리고는 웬일로 환하게 웃었다. 여자가
환하게 웃는 모습은 이사 오고 처음 봤다. 여자가 웃을
수 있다는 것도 오늘 처음 알았다. 나는 여자가 계단을
먼저 올라가도록 비켜 주었다.

　오랜만에 잠을 푹 잔 것 같다. 몸과 마음이 이상하리
만큼 가볍다. 거실 한구석에 세워 놓은 텐트가 보였다.
텐트를 접어 백팩 안에 넣었다. 아버지의 녹음기도 챙겨
넣었다. 백팩을 매는데 체중이 실린 둔탁한 소리가 쿵,
하고 울렸다. 나는 한달음에 계단을 뛰어 올라갔다. 비
밀번호를 누르는 손이 자꾸만 헛나갔다. 현관문이 열렸
을 때엔 여자가 거실 옷걸이에 목을 맨 채 바동거리고
있었다. 길고 가느다랗게 흔들리는 여자의 머리카락 같
은 이끼가 숲을 그윽이 감싸고 있었다. 물속에 어린, 남
자의 그림자가 보인다. 나무들 사이로 휘파람새 소리가
들렸다. 호오 호께꼬 케꼬.

끝나지 않은 약속

산등성이 뒤로 금융 단지 불빛들이 아스라이 깜박이고 있다. 해가 떨어진 마을은 깊은 어둠에 싸였다. 발을 디디는 곳마다 작은 등성이다. 무연고 묘들이 경계도 없이 이리저리 솟아 있다. 나는 무덤을 피하면서 마을 안쪽으로 들어간다. 어둠 탓에 벽화는 그림자 얼룩으로 어룽댄다. 벽을 따라 코너를 돌면 어린 시절 수진이 살던 집이다.

돌산마을은 국제금융센터 아래 전포동과 경계인 황령산 자락, 하늘 아래 산꼭대기 1번지를 이룬다. 지붕 낮은 마을, 산만디, 벽화마을, 묘지마을. 붙여진 이름도 많다. 전쟁 피란민들이 판잣집을 짓고 살았던 달동네였다.

마을은 아래, 위, 둘로 나뉜다. 아랫동네와 윗동네는 마을버스로 고작 세 정류장이지만 사는 형편은 확연히 달랐다. 아랫동네는 윗동네 주민들의 바라는 실상, 일종의 청사진 같은 거였다. 윗동네 아이들 대부분이 그렇듯 수진도 나도 아랫동네에 내려가는 것이 꿈이던 시절이 있었다. 옴팡한 골목길을 좋아하면서도, 동네가 모두 한집 같아서 집 좁은 줄 모르고 살았으면서도 우리는 그냥 벽화골목을 떠나는 것을 꿈으로 삼았다. 부모들의 꿈이 내려앉은 탓이었다. 나는 초등학교 졸업 무렵 아랫동네로 갔고 수진은 중학교 졸업 무렵 내려왔다.

　수진이 악성 뇌종양으로 급작스럽게 떠난 지 벌써 여섯 해째다. 그저 시간이 쌓여 세월이 되었을 뿐 세월만큼 여물어진 것도 없다. 가끔 내 삶이 불안하다고 느껴질 때가 있어. 내가 그런대로 잘 살고 있는 걸까? 그런 생각이 들 때면 문득 여기 와서 확인하고 싶어져. 수진의 말 때문이었을까, 언젠가부터 돌산에 이끌리듯 오게 된다. 수진이가 그렇게 허망하게 가지만 않았어도 지금과는 다르게 살았을 것이고, 지금처럼 자주 돌산마을에 오지도 않았을 것이다.

수진의 집 담벼락을 손으로 훑으며 지나간다. 우리들의 시간이 시작된 기억의 첫 문에서 수진을 기다린다. 갈래머리 수진이 양팔 벌려 내게 달려온다.

얼마나 서 있었을까, 미세한 통증이 느껴졌다. 나는 골바람을 맞으며 돌산마을을 빠져나왔다.

"아빠, 낮에 어떤 아줌마가 우리 집 앞에 한참 서 있다가 가던데?"

채영이가 식탁 의자에 앉으며 말했다.

"이 할미는 못 봤대도. 하루 종일 그 얘기다."

"어떻게 생겼는데?"

"배가 둥근 달처럼 불룩했어. 배 속에 아기가 있는 것 같았어."

"그래? 임신부였나 보네. 누굴 찾아온 모양이구나. 밥이나 먹자."

"계속 우리 집 이쪽저쪽을 기웃거렸단 말이야."

채영이가 입을 삐죽거리며 투덜댔다. 입맛이 없는 건지, 아니면 가족들이 자신의 말에 무관심한 것에 화가 난 건지 들고 있던 숟가락을 식탁에 내려놓는다.

"우리 집에 볼일이 있으면 내일 다시 오겠지. 할머니가 채영이 좋아하는 계란찜 해 놓으셨네. 얼른 먹어."

나는 채영이를 다독였다. 채영이가 집 앞에서 만난 임신부에게 왜 저렇게까지 관심을 갖는지 모를 일이었다. 어린이집에서 또래 친구 엄마들을 자주 보고 난 후부터 예민해진 걸까? 외할머니 집에 다녀오는 날은 내 눈치를 살폈다. 뭔가 물어보려고 망설이다 그만두기 일쑤였다. 모르긴 몰라도 외할머니로부터 수진에 대한 이야기를 듣고 왔을 것이다. 외할머니의 푸념을 듣고 채영이 나름 엄마의 이미지를 만들었을 수도 있다. 나는 수진에 관해 말해 준 적이 한 번도 없다. 채영이가 태어난지 한 달도 안 돼서 수진이 세상을 떠난 까닭에 본 적도 없고, 기억에도 없는 엄마에 대해 특별히 날을 잡아서 말하기란 쉽지 않았다. 여섯 살이면 예민한 나이이기도 했다.

고단한 어머니는 일찌감치 잠자리에 든 모양이었다. 설거지를 끝내고 앞치마와 두건을 어린이집 가방에 챙겨 넣었다. 한 달에 한 번 요리 활동 수업이 있는 날이었다. 도시락 통을 가방에 넣으려는데 거실에서 채영이 목소리가 들렸다. 목소리가 들떠 있다. 까르르 웃는 소리가 점점 커졌다. 처음 들었을 때는 어린이집에서 하던 역할극을 하는 줄 알았다. 그런데 진짜 누군가와 대화를 나누고 있는 것 같았다.

나는 거실로 나갔다. 채영이가 탁자 앞에 앉아 스케치북에 크레파스로 그림을 그리고 있었다. 아니나 다를까 그림을 그리면서도 계속 누군가에게 질문을 하고 있었다.

"아줌마, 왜 좀 전에 그냥 가셨어요?"

자기가 원하는 대답을 들은 건지 채영이가 고개를 끄덕였다.

"우리 딸, 그림 그리는구나. 근데 누구랑 이야기하는 거야?"

"아빠, 인사해. 아줌마, 우리 아빠예요."

"아줌마?"

채영이가 어떤 상황에서 하는 말인지 파악이 되지 않았다.

"아줌마, 내 그림 어때요?"

내 말에 대꾸도 없다. 채영이가 옆으로 고개를 돌렸다.

"그렇게 말할 줄 알았어요. 그림도 잘 그리고 색칠도 잘해서 선생님한테 칭찬을 받거든요."

채영이 볼에 보조개가 생겼다. 나는 채영이 그림을 내려다보았다. 나와 할머니, 여자의 모습이었다. 채영이 말처럼 여자의 배가 보름달같이 둥글었다.

"어, 아줌마 가는 거예요?"

채영이가 아줌마를 뒤따라가려는지 자리에서 벌떡 일어났다.

"아빠가 있으니까 아줌마가 빨리 갔잖아."

채영이가 금방 울상이 돼 버린다.

"채영아, 괜찮아?"

어깨를 두드리는 손에 땀이 뱄다.

"뭐가?"

울상이 된 좀 전과는 다른 반응이다. 괜찮아, 하고 묻는 것이 무안할 정도로 채영이는 덤덤하게 대답했다. 채영이가 내 손을 뿌리치며 스케치북과 크레파스를 들고 일어섰다. 성큼성큼 발소리를 내며 자기 방으로 들어갔다. 나는 괜찮지가 않았다.

바쁜 스케줄 탓에 나는 상담이나 행사가 있을 때만 어린이집을 방문했다. 아빠가 참석하는 게 새삼스러운 일도 아니었지만 엄마들이 필요 이상의 관심을 보였다. 채영이는 아빠가 어린이집 행사에 오는 걸 불편해했다. 그런데도 눈치가 있어 티를 잘 내진 않았다. 우리 엄마는 안 오냐고 묻지도 않았다. 더 말수가 적어지고 또래와 잘 어울리지 못하는 듯했다.

어린이집 담임과 상담을 한 날이었다.

"자기가 좋아하는 음식만 먹네요. 단체놀이나 역할놀이에도 참여하는 걸 싫어해요. 율동이나 노래도 잘 따라 하지 않으려고 합니다."

담임은 채영이의 소심한 성격을 걱정했다.

"특별히 더 좋아하거나 덜 좋아하는 게 있는 거겠죠."

나는 에둘러 말했다. 할머니 손에서 자라다 보니 또래 아이들끼리 같이 놀 기회가 없었다. 그래서인지 아이들 사이에서 유행하던 장난감이나 옷에도 관심이 없었다. 언젠가 만화 영화를 보았다. 공주가 입은 원피스를 하나 사 주려고 백화점에 갔더니 옷이 복잡해서 싫다고 했다. 채영이 말도 일리가 있다. 그건 취향의 문제였다. 그러면서도 담임의 이야기를 듣고 보니 채영이의 소극성이 엄마의 부재로 인해 경험해 봐야 하는 것들을 해 보지 못한 탓인 것 같아 마음이 무거웠다.

날씨를 핸드폰으로 확인한 뒤 채영이 가방을 거실 한쪽에 세워 두었다. 채영이의 방문을 열어 보았다. 채영이가 스케치북을 품에 꼭 안고 잠들어 있었다. 배가 불룩한 여자가 누구인지 궁금하긴 했다.

일찍 사무실에 출근했다가 거래처 몇 군데를 돌고 집으로 왔다. 두 해 전 친구 녀석과 사무실을 차렸다. 약품 도매업이다. 병원이나 약국을 찾아다니며 납품을 하는 일이 주 업무였다. 이제 겨우 자리를 잡았다.

채영이는 종일반을 마치고 집에 오면 혼자 TV를 보고 있을 때가 많다. 할머니는 잠자기만 하고 잘 놀아 주지 않는다고 했다. 어머니가 교당에서 불교 공부를 하느라 가끔 집을 비울 때도 채영이는 같은 말을 했다.

채영이가 보이지 않았다. 안방 문을 여니 어머니는 코까지 골면서 주무시고 계셨다. 깜박하고 채영이 데려오는 걸 잊어버리셨나, 어머니를 조심스럽게 깨웠다. 잠깐 조는 사이에 나간 모양이라며 같은 반 친구 집에 전화를 했다. 그러고는 이웃집에라도 가 보려는지 벌써 신발을 신고 있었다. 나는 급하게 뒤따라 나갔다. 어린이집 주변 놀이터에도 가 보고 학교 운동장도, 자주 가던 마트도 다 뒤졌지만 없었다. 오늘 같은 일은 처음이다. 골목 주변을 서성댔다. 경찰서에 신고를 해야 하나 망설이고 있을 즈음 골목 어귀에서 노랫소리가 들렸다.

"오채영! 어디 갔다 오는 거야?"

나도 모르게 소리가 높아졌다.

"생태 숲에. 아, 맞다. 돌산마을에도 갔다 왔어."

채영이는 아줌마가 좋은 곳에 같이 가자고 해서 따라 갔다고 했다. 아줌마랑 떡볶이도 먹고 왔다며 신이 나서 말했다.

"모르는 사람을 따라 나서면 어떡해? 아빠가 걱정할 거라는 생각 안 했어? 아빠한테 전화했어야지."

"모르는 사람 아니야, 아줌마야. 어제 집에도 왔잖아. 아빠도 인사 했으면서… 근데 아줌마가 배 속에 있는 아기 이름도 채영이라고 했어."

"뭐?"

채영이가 꾸며 낸 이야기라고 하기에는 상황 설명이

너무 구체적이었다. 채영이가 느닷없이 양쪽 엄지손가락을 치켜세웠다. 아줌마랑 먹은 떡볶이가 우주 최강이라는 뜻이라고 했다. 그 말에 웃고 말았다. 거짓말이든 아니든 간에 채영이가 너무 신나하는 모습을 보고 더 이상 잔소리를 할 수 없었다. 손을 잡고 집으로 오는 내내 채영이는 아줌마하고 있었던 일을 이야기했다. 심지어 개, 고양이가 지나간 것조차 상세하게 말해 주었다.

채영이 말을 무턱대고 무시할 수만도 없는 일이었다. 전과는 다른 행동을 하는 채영이다. 채영이가 왜 그러는 건지, 심리상담센터라도 가 봐야 하나, 갑자기 가슴이 쿵 내려앉았다.

아침부터 등원 준비로 바빴다. 채영이 외할머니로부터 전화가 왔다. 채영이가 보고 싶다고 했다. 병원에 갔다가 어린이집에 데려다 줄 생각이었다. 어린이집을 하루 쉬는 것도 나쁘지 않았다. 병원보다 외할머니 집에 가는 게 더 좋을 수도 있다. 외가에 갈 때마다 어머니는 애 앞에서 죽은 엄마 이야기 할 게 뻔한데 뭣 하러 자꾸 보내냐고 언성을 높였다.

어머니는 처음부터 수진을 마뜩잖아 했다. 수진의 어

머니가 아랫동네로 이사를 오면서 사이가 더 나빠졌다. 무엇보다 수진의 어머니가 나를 싫어했기 때문이었다. 수진은 능력 있고 똑똑했다. 보잘것없고 내세울 것 없는 나 같은 놈이 수진의 남자 친구라는 사실을 수진의 어머니는 받아들이지 않았다. 밤낮없이 식당 주방에서 일한 덕에 판자촌을 벗어나 아랫동네로 왔더니 결국 돌산마을 놈과 만난다며 꼴도 보기 싫어했다. 그런데다 결혼 약속까지 했으니, 수진의 어머니가 거품 무는 것도 당연했다. 세상 어느 부모가 평강공주와 온달 급의 결혼을 환영할 수 있겠는가. 자신의 희망이던 수진이 별 볼일 없는 놈 만나 수진의 인생마저 별 볼일 없게 돼 버릴까봐 불안했을 것이다. 나의 어머니는 어머니대로 식당 주방에서 설거지나 하는 주제에 남의 아들이 마음에 드니, 안 드니 한다며 맞섰다. 내 아들, 저만하면 됐지, 어디가서도 꿀리지 않는다. 판검사 좋아하시네. 눈만 높아가지고, 사람이 지 분수를 알아야지. 같은 동네 사는 사람끼리 저라믄 안 된다. 도박에 빠진 아버지 앞에 이혼 서류를 내밀 만큼 어머니는 당찼다. 내가 봐도 수진의 어머니 쪽이 더 억울하긴 했다. 수진의 어머니 입장이 이해가 됐다.

납품전표를 처리하고 있는데 친구 녀석에게 연락이 왔다. 수진이 간 뒤로 친구 관계도 저절로 정리가 됐다. 그나마 녀석과는 서로 안부를 묻기도 하고 계속 연락을 했다. 부랴부랴 시동을 걸었다. 창문 틈으로 텁텁한 바람이 들어왔다. 녀석과 같이 저녁을 먹었다. 예전에 도축장과 가축 시장이 있어 돼지국밥과 곱창으로 유명한 골목이었다. 이 집만 해도 50년 넘게 대를 이어 온 돼지국밥집이다. 타지에서도 검색해 찾아올 정도였다. 허름하긴 해도 질기지 않고 쫄깃한 곱창 맛에 수진이와 자주 오던 곳이다. 나는 채영이에 대한 고민을 털어놓았다.

"채영이 때문에 걱정이다."

"이맘때 애들 다 그렇지 않냐? 미운 네 살, 미운 여섯 살이라는 말도 있잖아."

"미운 여섯 살이면 다행이게, 며칠 전엔 말도 없이 사라졌었어."

"채영이가? 어디 보물이라도 찾으러 갔었나?"

친구 농담에 대꾸할 기분이 아니었다.

"왜 황금백합작전이라고 너도 알지! 제7부두 지하 어

뢰 공장에 보물이 숨겨져 있다는 우리 동네 전설 말이
야. 우리 어렸을 때도 보물 찾으러 간다고 집 나간 녀석
들도 많았잖아. 채영이가 워낙 모험심이 강해서 보물찾
기 놀이라도 하는 줄 알았지. 그건 그렇고 어디 갔다 왔
대?"

"돌산마을."

"한때 벽화마을로도 유명했던 거기? 사람도 살지 않
을 텐데, 왜 거길 갔을까, 혼자서?"

친구는 고개를 꺄우뚱했다.

"요즘 애가 자꾸 이상한 말을 해. 채영이가 하는 말을
믿어야 할지, 말아야 할지 모르겠다고. 거짓말하는 것
같지는 않은데…."

"예를 들면?"

"상상 속의 아줌마인지, 한 번도 본 적이 없는 아줌마
를 만났다고 해. 나에게 소개도 시켜 주던데. 어린이집
엄마들을 자주 본 이후부터인 것 같아. 자기가 친구들
과 다르다는 걸 알게 된 듯해. 자기 환경에 대한 객관화
랄지, 혹시 말이야, 엄마 생각에 헛것을 보는 걸까? 하
하, 내가 미친놈이지, 말을 해 놓고도 너무 나갔나 싶

군."

"네가 더 문제야. 그냥 혼잣말이겠지. 우리 애도 가끔 알아듣지도 못하는 말을 혼자 중얼거린다고. 꼭 옆에 누구랑 이야기하는 것 같더라니까."

"그래, 인형 놀이 같은 거겠지?"

"걱정을 만들어서 하는 것도 일종의 과잉보호야. 그냥 평범하게 생각해."

친구 말을 들으니 괜히 사서 고민하는 것 같았다. 녀석과 술 한잔하면서 이야기를 더 나누고 싶었다. 채영이를 데리러 가야 된다고 했다. 아, 금쪽같은 공주님! 그럼 가 보셔야죠. 과잉보호니, 유난스럽다느니 그런 말을 하긴 해도 내 처지를 잘 이해해 주는 녀석이다.

장모와 채영이가 길가에 나와 있었다. 채영이는 차에 타자마자 웬일로 외할머니가 해 준 반찬 이야기를 했다.

"내가 잘 먹어서 좋다고 하셨어, 근데 내가 먹은 반찬 모두 엄마도 좋아하는 거라고 해서 깜짝 놀랐어."

"그랬구나. 그리고는?"

"그리고? 아, 맞다. 엄마 사진도 봤어. 긴 머리에 안경을 썼는데 웃는 게 예뻤어."

채영이는 외할머니한테 엄마 어렸을 때와 대학 다닐 때 이야기도 들었다고 했다.

"우리 엄마, 공부도 잘하고 성격도 좋고, 얼굴도 예뻤대. 나도 엄마처럼 멋진 어른이 될 거래."

오늘따라 말이 많다. 채영이 입이 헤벌쭉하다.

동아리 방에서 수진을 봤을 때 너무 달라진 외모에 놀랍기도 했고 반갑기도 했다. 수진의 키가 저렇게 컸었나 싶게 키가 컸고, 보조개가 더 뚜렷해져 있었다. 수진은 아무렇게나 묶은 긴 머리에 빈티지 티셔츠와 청바지를 입고 있었다. 나는 아나운서 같은 반듯한 옷차림을 상상했었다. 되레 수진의 지금 모습이 이상하게 더 멋있어 보였다.

동아리 방에서는 수진에 관한 이야기가 끊이지 않았다. "무슨 애가 공부를 피 터지게 하는지 몰라. 대충이 없다니까." "피만 터지면 다행이다. 완전 신들린 것처럼 하던데. 좀 징그럽다." "원래 가난한 애들이 무섭잖아. 물불 안 가리거든." 수진을 따라다니는 뒷담화는 늘 그런 종류였다. 반은 맞고 반은 틀린 말이기도 했다. 내게는 수진에 대해 잘 알지 못하면서 떠들어 대는 헛소리일 뿐이었다. 나는 수진을 쫓아다녔다. 졸업 후 내가 빌빌거리며 알바로 인생을 허비하고 있을 무렵, 수진은 나보다 먼저 취직을 했다.

나는 수진이 다니는 제약 회사에 입사했다. 회사만 같을 뿐 직급이나 업무 레벨은 달랐다. 수진은 신약을 개발하는 과정에서 인허가를 받는 업무를 담당했다. 나는 영업 인턴이었다. 의료계 종사자들을 방문해서 제품 정보를 제공하거나 수집하는 일이 내 일이었다. 열등감이며 주눅 들 시간조차 없었다. 업무도 업무지만 영업 교육에 어학 공부까지 해야 했다. 수진은 웃는 모습이며 옷 코디까지 코치를 해 주었다. 나처럼 운 좋은 녀석이 또 있을까 싶었다.

집 앞에 도착하자 어머니가 나와 있었다.

"밤공기가 찬데 왜 나와 계세요?"

"금쪽같은 내 새끼 기다리고 있었지."

어머니가 채영이를 품에 안았다. 채영이가 숨이 막힌다며 바동거렸다. 어머니가 채영이를 풀어 주자 채영이가 주머니에서 뭔가를 꺼냈다.

"자, 이거 받아. 아줌마가 아빠한테 꼭 주라고 했어."

"아직도 아줌마 타령이야?"

어머니의 목소리가 퉁명스럽다. 채영이가 건넨 건 손수건이었다.

"이걸, 언제 받았어?"

"외할머니 집 앞에서. 슈퍼에 갔다 왔는데 나 올 때까지 이거 주려고 기다리고 있었대. 어긋났으면 어쩔 뻔했을까?"

채영이 말투가 여자가 한 말투 같다. 손수건에는 '스스로를 태우다'라는 글귀와 꽃 그림이 수놓아져 있었다.

"아빠 이 글자 뭐야?"

채영이가 가리킨 것은 S. J라는 이니셜이었다. 나는 손수건을 한참 쳐다보았다. 수술 전까지 수진이가 손에서 놓지 않던 손수건이었다. 손수건이 아직도 남아 있을 줄 몰랐다. 느닷없음과 놀라움이 같은 무게로 덮쳐 왔다. 멍하니 서 있는 내게 채영이가 아빠 괜찮아? 하고 물었다. 그제야 기억의 거푸집에서 빠져나온다.

채영이를 재운 뒤 방으로 들어왔다. 침대 밑에 딸린 서랍을 열었다. 속옷과 양말 사이 수진에게서 받은 손수건 하나가 포개져 있었다. S. J와 한 짝인 J. S 이니셜이 박혀 있다. 장수진과 오진수. 하얀 리넨 천에 자수로 새긴 거였다. 공부만 하던 수진이, 불필요한 일에 시간을 쓰지 않던 수진이, 시간이 많이 드는 바느질을 했다는 게 믿기지 않았다. 나와 수진의 사이가 특별하다는 걸 말해 주는 것 같았다. 한 번도 손수건을 써 보지 못 한 채 서랍 안에 넣어두었다.

"또, 여기야?"

수진이 나를 이끌고 간 곳은 돌산마을이었다. 분위기 좋은 레스토랑이 아닌 국밥집에서 곱창을 안주 삼아 소주를 마시고 난 뒤였다. 곱창 좋아하는 것까지 잘 맞았다. 얼떨떨한 기운이 가시지 않았다.

"가끔 내 삶이 불안하다고 느껴질 때가 있어. 내가 그런대로 잘 살고 있는 걸까? 그런 생각이 들 때면 문득 여기 와서 확인하고 싶어져."

"하긴, 어릴 때부터 줄곧 무덤가에서 놀았으니까. 겁도 없이."

"죽은 자와 산 자가 같이 사는 특이한 동네잖아. 서로 자신의 보금자리를 조금씩 양보한 거지. 겁은 무슨 겁이 난다고? 죽음이 가까이 있다고 생각하니 두려움도 없어지던걸. 너, 혹시 시스투스라는 식물에 대해 들어 본 적 있어?"

"시스투스?"

"자기 영역을 침범한 다른 식물을 태워 없애 버리는 꽃이래. 외부 온도가 32도 이상 올라가면 부름켜 내부의 휘발성 오일을 뿜어낸다지. 씨앗이 퍼지게 하기 위한 거야. 좋은 환경을 만들어 주지만 자신은 사라진대. 지독하면서도 집요한 꽃이야. 세상의 모든 엄마는 다 그런 징그러운 구석이 있지. 슬프게도 씨앗은 그 어미가 고스란히 불태운 그 땅이라야만 뿌리를 내리는 거야."

"그렇게 친다면 이 판자촌 윗동네 엄마들은 다 시스투스겠네."

무덤가에서 놀던 아이들이 우리 앞을 지나쳐 갔다.

"아랫동네 아이들은 겨울에도 치마를 많이 입었잖아. 나도 저런 원피스 한번 입어 보고 싶었다? 공부만 잘하면 되지 그따위 옷에 신경 쓰다 이 동네를 언제 벗어날 거냐며 엄마한테 등짝만 맞았지. 내가 뭘 좋아하는지 관심이 없었어. 하긴, 우리 엄마만 그런 건 아니니까. 한번 입어 보기라도 했으면 부질없는 욕망에 시달리지 않아도 됐을 텐데. 내 아이만큼은 얽매이지 말고 자유롭게 살았으면 좋겠어."

도로를 따라 아랫동네로 내려왔다.

"어머니는?"

"단체 손님 받는다고 오늘 늦으신대."

우리는 누가 먼저랄 것도 없이 집으로 들어갔다. 조금은 무거우면서도 또 조금은 가벼운 밤이었다. 서로의 체온으로 우리를 태웠다. 우린 웃었고 우린 젊었다. 그것만으로도 충분했다.

나는 두 장의 손수건을 침대 위에 나란히 펼쳐 놓았다. 채영이 외할머니에게 전화를 걸었다.

"혹시 오늘 채영이한테 손수건 주셨어요?"

"손수건? 글쎄, 난 준 적이 없는데."

장모님이 시치미를 떼는 건지, 아니면 진짜 준 적이 없는 건지 헷갈렸다.

"내가 청소하고 있을 때 채영이가 수진이 방에 들어간 모양이야. 수진이가 아껴서 버리지 않고 상자 안에 넣어

두었더랬지. 거기서 꺼낸 건가?"

나는 그제야 죄송하다는 말과 함께 전화를 끊었다. 수진이의 손수건을 채영이가 가지고 온 거였다. 그런데도 이상하게 뭔가 찜찜했다. 나는 일어나 방 안을 서성댔다. 의심들이 다시 하나둘씩 머리를 짓눌렀다. 장모님은 수진의 손수건을 상자에 넣어 두었다고 했다. 채영이는 여자에게 손수건을 받았고 내게 꼭 전달하라는 부탁을 받았다고 하지 않았던가. 어디서부터 엉킨 것일까. 왜 여자가 수진의 손수건을 갖고 있는 건지 알 수가 없다. 여자와 나는 일면식조차 없는 사이였다. 채영이에게 전해 주라고 했다면 분명 무슨 의도가 있었을 텐데, 머릿속도 엉켰다.

책꽂이에서 미니 앨범을 꺼냈다. 채영이 아기 때 사진을 몇 장 넘기니 나와 수진이 얼굴을 맞댄 채 찍은 사진 한 장이 보였다. 달랑 한 장 남은 사진이 기억의 조각들을 수집한다. 배가 둥근 달처럼 불룩한 것만 빼면 긴 머리에 안경, 큰 키, 보조개, 수진의 모습이 채영이가 그린 여자의 모습과도 비슷했다. 그 그림을 보고 난 뒤의 후유증일까, 제대로 설명되는 게 없었다. 지금 상태로 봐서는 내가 병원 상담을 받아야 할 것 같았다.

사무실로 가는 중에 담임으로부터 전화가 왔다. 동화 듣는 시간에 채영이가 혼잣말을 하더라는 것이다. 수업하기가 곤란해서 잠깐 쉬라고 따로 앉혀 놨더니 큰 소리로 울더라고 했다. 담임이 한참 뜸을 들인다. 채영이가 너무 크게 우는 바람에 어린이집이 발칵 뒤집어졌다는 말을 아주 조심스럽게 전해 주었다.

"지금은 좀 어떤가요?"

"가만히 웅크리고 있어요."

"알겠습니다. 제가 곧 가겠습니다."

어린이집 쪽으로 가기 위해 좌회전 차선으로 옮겨 탔다. 담임으로부터 또 전화가 왔다. 채영이가 화장실에 가고 싶다고 했는데 기척이 없어 가 보니 사라졌다는 것이다. 채영이가 계단을 내려와 대문을 열고 나간 걸 본 사람이 아무도 없었던 모양이다. 나는 생태 숲 쪽으로 갔다. 아줌마와 함께 갔다던 돌산마을이 생각났다.

비 온 탓에 땅이 축축하게 젖어 있었다. 마을 골목골목을 돌았다. 채영이 모습이 어디에도 보이지 않았다. 제발 무사하기만을 바랐다.

무덤가 마을엔 수진과 나의 농담과 추억이 숨어 있다. 떠나고 싶어 했지만 종종 그리워하던 곳이었다. 내가 여태껏 이곳을 찾아오는 이유이기도 했다. 수진이 살았던 집의 벽화 앞에 다다랐다. 순간, 담벼락 끝에서 채영이의 목소리가 들렸다. 벽화는 아이 두 명이 종이컵을 대고 전화 놀이를 하는 그림이었다. 채영이가 벽에 몸을 기댄 채 전화 받는 시늉을 했다. 나는 벽 가까이 다가갔다.

"엄…엄마?"

채영이의 목소리가 떨렸다.

"채영아?"

나는 큰 소리로 채영이의 이름을 불렀다. 아무런 기척이 없다. 채영이에게 내 외침은 들리지 않는 메아리였다. 채영이의 손을 잡고 올 때도, 차 안에서도 채영이는 아무 말이 없었다.

새벽녘 눈이 떠졌다. 채영이가 걱정이 됐다. 방에 들어가 채영이 얼굴을 살펴본 뒤 들고 있던 외투를 걸쳤다. 돌산마을로 차를 몰았다. 차에서 내린 나는 채영이를 발견했던 그곳으로 걷기 시작했다. 골바람이 대단했다. 결국 또 돌산인가? 내가 생각해도 미친놈 같다.

지난밤 나는 수진의 집에 왔었다. 그런데 낮에 채영이가 전화를 받던 곳도 수진이 집의 벽화 앞이었다. 그 자리에 서 있는 채영이를 봤을 때 너무 놀랐다. 채영이가 어떻게 알고 여기까지 온 건지 알 수가 없다. 엄마라고 부르던 채영이 모습도 잊혀지지 않았다. 이곳에서 정말 엄마와 통화라도 한 것일까, 엄마에 대해서 이야기를 해 줘야 하는 것일까, 나도 모르게 피식 웃음이 나왔다. 문득 현실적으로는 불가능한 일이기는 하나 어쩌면 이승과 저승의 벽을 뚫고 수진이 올 수도 있지 않을까, 내가 아는 수진의 성격으로는 그럴 수 있겠다는 생각도 들었다. 나는 골바람을 맞으며 또 그 자리에 한참을 서 있었다. 날이 밝아 왔다.

저녁을 먹는데 느닷없이 어머니가 채영이 이야기를 꺼냈다. 나는 또 여자 이야기를 하려는가 싶었다.

"채영이 방을 청소하는데 못 보던 원피스가 있더라. 외할머니가 사 준 거겠지? 채영이가 웬일이래? 치마는 죽어도 싫다던 애가. 어린것 속을 도통 모르겠다니까, 고맙다고 전화 한 통 드려."

채영이는 숲 체험을 다녀와서 피곤한 탓인지 일찍 잠

이 들었다. 채영이 옷들을 훑어보았다. 바지와 티, 재킷이 거의 대부분이었다. 치마와 블라우스 한 벌조차 없다. 안쪽 옷걸이에 걸려 있는 엘사 원피스가 눈에 띄었다. 그것도 채영이가 싫어하는 핑크색 망사 원피스였다. 스팽글이 붙어 있어 화려해 보였다. 치마는 쳐다보지도 않고 입으려고도 하지 않더니. 얼마 전 외할머니 집에 갔을 때 산 건가? 어떻게 설득을 하셨지? 별의별 생각을 다 했다.

어린이집 차가 올 시간이다. 채영이가 엘사 원피스를 입고 밖으로 나왔다. 자리에서 한 바퀴 돌더니 선생님과 친구들에게 보여 줄 거라고 말했다. 그러고는 엘사처럼 머리를 땋아 달라고 했다.

"엘사 원피스를 입었으니까 머리도 엘사처럼 해 줘."

옷이나 머리로 뭔가를 요구하며 아침 시간을 잡아먹은 적은 없었다. 오늘따라 채영이가 유난히 떼를 썼다.

"우리 딸, 왜 그래?"

"아이고 마 됐다. 내가 알아서 할 테니 니는 얼른 출근이나 해라. 회사 늦겠다."

어머니가 겨우 채영이를 달래 밥도 먹이고 머리도 땋

아서 데리고 나갔다. 진땀 나는 아침이었다.

채영이를 데리고 올 때 채영이가 뭔가 들고 왔는지 기억이 없었다. 옷을 가져왔다면 종이 가방이라도 있었을 텐데 어머니도 보지 못한 건 마찬가지다.

이 모든 상황이 그저 그 또래 여자아이의 커 가는 과정 같은 거라고 넘어가기에는 납득되지 않는 것이 많았다.

평소보다 일찍 어린이집에서 채영이를 데리고 왔다. 상담센터에서 한 시간 가까이 검사를 했다. 상담사는 요 근래 채영이가 충격을 받은 일이 있냐고 물었다. 특별히 그런 일은 없었다고 했다. 그동안 채영이의 행동을 구체적으로 설명하자 소아정신분열증 같은 증상이 보인다고 했다.

"소아정신분열증이라니요? 말도 안 됩니다."

"현실에 실제로 없는 것을 보고 있다고 본인이 지각하는 겁니다. 어쩌면 어떤 욕망이 불러온 결과일 수도 있죠. 일단 입원했다가 약물치료를 받아 보시는 게 좋겠습니다."

엄마가 너무 보고 싶은 마음에 헛것이라도 봤다는 건가, 채영이가 봤다던 그 아줌마를 엄마라고 착각이라도 하고 있다는 건가, 여자는 왜 채영이 앞에 나타난 건가, 그, 손수건은 어떻게 설명을 해야 하는 건가, 돌산마을에서 내가 본 건 뭘까? 같은 질문만 되풀이했다.

채영이는 상담하는 내내 지금은 아줌마랑 이야기하고 있는 중이라 묻는 말에 답을 잘 할 수 없다고 했단다. 채영이가 정말 거짓말을 하고 있는 거라고 여겼는데 채영이가 나간 뒤 봤더니 채영이의 옆 자리 빈 의자가 뒤로 좀 밀려나 있더라고 했다. 상담사의 말이 귓전에 계속 맴돌았다.

센터에 갔다 온 저녁 채영이가 열이 계속 올랐다, 내렸다 했다. 해열제를 먹이고 옆에서 지켜보았다. 끙끙 앓는 소리를 했다. 나는 서랍 안에서 수진의 이니셜이 박힌 손수건을 꺼냈다.

"채영아, 엄마 거야."

나는 손수건으로 채영이의 식은땀을 닦았다. 처음에 나는 채영이의 행동들을 어떻게 받아들여야 할지 몰랐다. 놀랐다가, 대수롭지 않게 여기다가, 정말 소아정신분열증인가 하는 의심도 했다가, 엄마가 보고 싶은 마음에 채영이가 꾸며 낸 이야기일 거라고 믿었다. 그러면서도 한편으로는 TV나 책에서 많이 접했던, 귀신 보는 아이가 아닐까 생각도 했다. 채영이만 그런 건 아니다. 나역시나 여전히 수진의 죽음을 실감하지도 망각하지도 못하고 있다. 인정하지도 못했다. 채영이의 탄생과 수진의 죽음이 맞물리면서 그녀의 부재는 늘 실감과 망각 사이에 있었다.

채영이 이마를 짚어 보니 열이 떨어졌다. 하루 더 쉬는 게 어떻겠냐고 해도 채영이는 굳이 어린이집에 가겠다고 했다.

"이제 열도 내렸잖아. 어제 아줌마가 와서 안아 주고 갔거든. 하나도 안 아파."

"그, 아줌마가 또 왔구나. 아줌마가 무슨 말 했어?"

채영이가 입안에 밥을 한가득 넣은 채 중얼거렸다.

"응. 아줌마가 그러는데, 아줌마도 많이 아프다고 했어."

"어디가?"

"머리에 혹 같은 게 생기는 병이래. 근데 그 혹이 아주 독하고 나쁜 거라서 의사 선생님도 고칠 수가 없다고 했어."

"진짜 아줌마한테 들었어? 외할머니한테 들은 게 아니고?"

"외할머니는 아줌마를 몰라."

"채영이는 아줌마에게 뭐라고 말했어?"

"내가 옆에서 지켜 줄 거니까 걱정하지 말라고 했지."

"이젠 괜찮아?"

"아줌마가 나한테 고맙다고 했거든. 기분이 좀 좋아졌어."

"채영아, 그때 아줌마 아기 이름도 채영이라고 했잖아?"

"아, 힘들어. 질문을 많이 하면 어떡해? 궁금하면 아줌마에게 물어보면 되지."

"일 때문에 아줌마를 만날 수가 없으니까 그렇지."

"그건 인정! 이름이 나랑 같아서 자꾸 보러 오는 거라고 하던데. 근데, 어린이집에 엘사 원피스 입고 가도 돼?"

"그럼."

채영이는 물어보지도 않았는데 원피스에 대해 말했다. 난 입기 싫었는데 외할머니가 원피스 입은 모습이 보고 싶다고 했어. 부탁 부탁해서 입은 거야. 엄마도 좋아했을 거라고 했어. 엄마 어렸을 때 엄청 입고 싶어 했대. 그때 못 사준 게 오래도록 후회가 된다고 하셨어. 채영이가 또박또박 설명을 했다.

"아빠, 오늘 내 생일이야."

"그럼, 알고말고. 어린이집 갔다 와서 생일파티 하자."

"응. 아빠."

채영이 올 시간에 맞춰 채영이가 내리는 장소로 갔다. 채영이를 위해 깜짝 이벤트를 하는 것도 나쁘지 않을 듯했다. 그런데 시간을 잘못 알고 있는 건지, 길이 엇갈린 건지, 기다려도 채영이가 오지 않았다. 나는 다시 집으로 향했다. 집 앞에서 어머니와 채영이를 만났다.

"저한테 나오라고 하시지 않고요."

시장바구니가 묵직했다. 채영이와 같이 장을 보고 온 모양이었다. 채영이는 바나나 우유를 빨며 안으로 들어왔다.

"모처럼 늦잠 자는 사람 깨워서야 되겠냐."

어머니가 물건들을 식탁에 꺼내 놓으며 말했다. 식재료들을 정리했다. 케이크라도 하나 사러 갈까 나서려는데 채영이가 물었다.

"아빠, 아줌마 초대해도 돼?"

나는 승낙의 표현으로 머리 위로 동그라미를 만들었다. 채영이가 했던 말들이 사실인지, 아닌지 알고 싶었다. 채영이가 아줌마하고 친해졌으면 하는 바람과 채영이를 부탁하고 싶은 마음도 있었다. 어쩌면 엄마하고 다르다는 걸 확인할 수 있지 않을까 했다. 무엇이든 간에 일단은 정리가 될 것 같았다. 큰길 건너 베이커리에서 초코와 딸기가 반반 섞인 케이크 하나를 샀다. 친구들에게 답례로 줄 쿠키도 아이들 수만큼 샀다.

"채영아, 케이크 사 왔다."

채영이 방문을 열었다. 채영이가 엘사 원피스를 입은 채 누군가와 통화를 하는지 전화기를 들고 있었다. 나를 보더니 쉿! 하고 검지를 입에 갖다 댔다. 채영이가 들고 있는 전화기는 고장난 내 휴대폰이었다.

"아줌마 오늘이 제 생일이에요. 알고 계시죠? 아빠가 아줌마 초대해도 된다고 했어요. 엘사 원피스도 입은걸요."

채영이의 표정이 뚱하더니 금세 시무룩해졌다.

"왜 올 수가 없어요?"

채영이가 울먹였다.

"수술하러 미국에 나중에 가면 되잖아요!"

울먹이던 채영이가 결국 눈물을 흘렸다. 실망을 많이 한 듯했다. 코끝이 짠했다. 한참 동안 정적이 흘렀다. 여자가 무슨 말을 한 건지 채영이가 여러 번 고개를 끄덕인다.

"알겠어요. 할머니랑 아빠 말 잘 듣고 있으면 되죠? 아기 낳고 나 보러 꼭 와야 돼요."

채영이는 몇 번이고 약속을 했다. 이번에는 허공에 대고 새끼손가락을 건다. 채영이가 눈물을 훔치는 걸 보고 나는 방문을 닫고 나왔다. 얼마쯤 지나자 채영이가 거실로 나왔다.

"채영아, 아빠랑 잠깐 바람 쐬러 갈까?"

"응. 근데 어디?"

"가 보면 알지."

오늘이 그날인 것 같다. 수진에 대해 이야기를 해 줘야 할 시간이 왔다. 나는 방으로 들어갔다. 서랍에서 수진과 나의 손수건을 꺼내 바지 주머니에 넣었다. 그러고

는 채영이와 함께 밖으로 나왔다. 나는 채영이를 목말
태웠다.

붉은 벽돌집

비 오는 날은 공치기 십상이다. 김 여사는 그 틈새를 메워 주는 밥줄이다. 이삿집 청소일로 김 여사가 나를 불렀다. 오늘처럼 비 오는 날 일거리를 주니 나로서는 감지덕지다. 갑자기 빗줄기가 굵어졌다. 붉은 벽돌집 처마 밑으로 뛰었다. 벽돌집은 고물상과 아귀찜 가게 사이에 있다. 지하가 있는 2층 건물로, 지하 입구 위쪽에 당구장 간판이 붙어 있다. 당구장은 사람 그림자조차 보이지 않았다. 자물쇠가 굳게 닫혀 있었다. 평범한 벽돌집으로 보이는데 가까이 가서 보니 군데군데 불에 탄 흔적들이 있었다. 검붉은 벽돌을 보자 이상한 기분에 사로잡힌다. 또 시작이군. 나는 머리를 쥐어박았다. 사람들 누구나 한 번쯤은 처음 와 본 장소인데도 마치 언젠가 와 본 것처럼 익숙한 느낌을 받을 때가 있다. 남들은 별일 아니라고 여기는 것도 나는 의미를 찾으려고 애썼다. 뭐든 억지로 관련지어 생각을 한다. 그런 집착이 생긴 건 해리성 무감각증을 진단받고 나서부터였다. 의사도 사소한 일상이나 물건을 지나치게 과거와 연결시켜 생각하지 말라고 했다. 병원에 다녀도 증상은 여전했다. 먼지 털듯 머릿속을 툭툭 털어 냈다. 떨어지는 빗줄기가 만든 물웅덩이를 잠시 물끄러미 바라보다 자리를 떴다.

부동산에 들어서자 김 여사는 들고 있던 정보지를 내려놓았다.

"시간 하나는 칼같이 지킨다니까, 역시!"

김 여사가 캔을 건네며 어깨를 툭 쳤다.

"40평이면 32만 원, 해충 방제 처리까지 하면 4만 원이 추가되겠네요. 근데 어디예요?"

나는 캔을 휴지통에 버린 뒤 김 여사를 쳐다보았다.

"거기, 왜 있잖아 송이아귀찜 옆에 있는 벽돌집. 며칠 있다 대학생 커플이 이사 들어올 거야."

"아, 그 벽돌집요? 사람이 사는 것 같지는 않던데요."

"원래 주인이 살던 집이라던데 내가 여기 오고서는 계속 세를 놨지 아마. 주인 형이라는 사람이 찾아와서는 주인 짐들을 한쪽에다 보관해 주고, 나머지 방들이랑 거실 주방을 쓰는 조건으로다 세를 놔 달라고 그러데."

"짐을 그대로 두고요?"

"그래. 나야, 뭐 좀 번거롭긴 해도 그러자고 했지. 사람을 사서 주인 짐들은 안방과 작은방 두 곳에 몰아 두었어. 커플이 들었다가 노부부가 들기도 하고 일이 년 그냥 비어 있을 때도 있었지. 어쨌든 사람들이 계속 이 집에 들락날락했었어. 원래 주인이 지하에 당구장을 했다지."

"당구장도 문 닫은 지 꽤 된 것 같던데…"

"옛날에 불이 났다고 들었어. 수리를 하겠거니 했는데 영업장을 그렇게 오래 비워 두더라고. 한때는 손님들로 북적댔다더군."

실제 불이 나긴 났었던 모양이다. 얼핏 봐도 당구장은 꽤 컸다. 그 정도면 노름 직방이나 작대기들로 북적댈 만도 했다.

"그나저나 비가 계속 올 것 같네. 일단 열쇠만 받아

뇨. 이삼 일 정도 시간이 있으니까."

나는 열쇠를 받아 들고 부동산을 나왔다. 머리 아픈 게 쉬이 가라앉지 않았다. 오후에는 정신과 예약이 되어 있었다. 집에 도착해 보니 신애가 와 있었다. 나는 침대에 누웠다. 신애가 옆에 따라 누웠다. 여자의 가슴을 만져 보는 것도 안아 보는 것도 신애가 처음이다.

나와 동규, 그리고 신애, 스무 살 동갑내기 셋이 청소 대행업체를 차렸다. 우리는 동규 사촌 형이 운영하는 호프집에서 알바하면서 만났다. 신애는 주방에서 설거지를 했고 나는 홀 서빙을 했다. 동규는 카운터를 봤지만 사실 호프집 얼굴마담이었다. 여대생들이 동규 얼굴을 보러 많이 왔다. 동규 덕에 매상이 좋았다. 동규 얼굴이 돈줄이라는 건 사촌 형도 인정했다. 일이 끝나면 우리 셋은 함께 야식도 먹고 술도 마셨다. 죽이 잘 맞았다. 조를 짜서 뭔가 하면 잘될 것 같았다. 신애 돈과 내 돈, 동규 사촌 형에게 빌린 돈으로 일을 해 보기로 했다. 스무 살. 알바 말고 할 수 있는 일이 잘 없었다. 그러다 생각해 낸 것이 청소일이었다. 생각보다 괜찮았다. 자본금이랄 것도 없지만 돈은 내가 제일 많이 냈다. 신애와 동

규가 명목상으로라도 내가 사장을 해야 한다고 추켜세
웠다. 청소 일을 시작하면서 나는 우리끼리 연애질 따윈
하지 말자는 규칙을 만들었다. 어렵사리 창업을 한 터에
멤버끼리 연애질하는 건 사업 말아먹는 지름길이었다.
칙칙한 남녀 사이 같은 건 질색이다. 하지만 어쩌다 보
니 내가 먼저 규칙을 어겼다. 처음부터 그런 약속 따윈
잊었다는 듯 동규 역시 신애와 자는 걸 눈감아 주었다.
동규 나름의 쿨한 척이다. 동규라면 그럴 수 있긴 했다.
자신이 홈런 친 여자들에 대해 공공연히 자랑하는 동규
였으니까. 어쩌면 신애가 동규의 취향이 아닌 탓이기도
할 것이었다. 신애 역시 동규에게 별 관심이 없었다. 그
런 신애가 나는 괜찮아 보였다. 잘난 외모와 유창한 말
솜씨까지 갖춘 녀석을 마다할 여자는 흔치 않다. 그러면
서도 한편으론 신애가 동규 취향이 아니라서 어쩌다 내
차지가 된 것 같아 우습게도 기분이 찜찜했다.

어쨌든, 신애는 나와 잤다. 말 그대로 잤을 뿐 섹스가
특별한 관계를 의미하는 건 아니었다. 신애도 별로 개의
치 않았다. 몇 번 잔 걸로 사귀는 사이인 것처럼 굴지 않
았다. 다른 계집애들처럼 좋알대지도 않고 귀찮게도 하

지 않았다. 되레 동규가 신애를 제수씨 대하듯 했다. 나도 신애도 달라진 건 아무것도 없었다. 찜찜한 마음을 먹은 미안함 탓일까, 나는 이상하게 가끔 신애에게 뭔가 빚진 것 같은 느낌이 들곤 했다. 나는 신애의 몸을 더 깊이 탐색한다. 어느새 신애의 숨소리가 규칙적으로 오르락내리락했다. 나도 스르르 눈이 감겼다.

신애가 나를 흔들어 깨웠다. 오후가 훌쩍 지나 있었다. 서두르면 예약 시간에 맞춰 도착할 수 있을 듯했다.

정신과 상담을 다시 시작한 건 한 달 전이었다. 4년 넘게 상담을 받았지만 별 효과가 없어 흐지부지 병원을 그만두었다. 처음 병원에 갔을 때 의사는 해리성 무감각증이라고 진단했다. 기억이 뇌에 저장은 되어 있지만 의지대로 끄집어내지 못하는 현상이라고 했다. 중학교 시절 사고로 가족을 잃고 수녀님 밑에서 자랐다. 사고 충격 때문에 일시적 장애가 생긴 거라고 알려 준 사람도 수녀님이었다. 그 이후 큰아빠라는 사람이 찾아와서 나를 데려가고 싶어 했단다. 수녀님은 내 상태가 더 나빠질까봐 보내지 않았다고 한다. 나는 큰아빠에 대한 기억도, 그 당시에 대한 기억도 전혀 없다.

"요즘도 자꾸 기억에 시달리세요? 과거 기억 때문에 다른 일에 지장을 받기도 하나요?"

의사는 나를 정면으로 쳐다보지 않고 책상 위 모니터를 바라보고 있었다. 마흔 후반쯤 되어 보이는 그는 앞머리가 벗겨졌고, 흰 가운 안쪽으로 보이는 줄무늬 넥타이가 느슨하게 늘어져 있었다.

"특별히 그렇지는 않아요. 그런데 가끔 어떤 의미도 맥락도 없는 단어들이 연상되어 떠올라요. 나도 모르게 자꾸 골몰하게 돼요."

청소를 하면서도 신애와 섹스를 하면서도 끊임없이 이런저런 아무런 연결 고리도 없는 생각들이 머릿속을 채웠다.

"그런가요? 하지만 억지로 기억을 꿰맞추려 하다 보면 기억의 왜곡이 일어나고 그러다 보면 실제와 재구성한 기억 사이에 혼란이 올 수도 있어요. 그것이 오히려 또 다른 스트레스의 원인이 되죠. 너무 애쓸 필요는 없어요. 기억이라는 건 뇌 속에 딱 들러붙어 꼼짝을 하지 않다가 어떤 계기에 의해 폭발하듯 터져 나오기도 하니까요. 자연스럽게 돌아오는 게 좋죠."

의사는 다음 방문 때까지 지금 먹는 약을 계속 먹어 보고 경과를 지켜본 뒤에 약을 바꾸어 보자고 했다.

"수 시간에서 수일 혹은 몇 개월이나 몇 년, 심지어 전 생애가 기억이 안 날 수도 있어요. 준상 씨의 경우 좀 더 길어질 수도 있고요. 긍정적으로 생각하세요. 그나마 단어들이 생각난다는 건 다행스러운 일이네요."

나는 문을 닫고 나왔다. 의사의 말을 되새김질했다. 정말 다행스러운 일일까? 하지만 여전히 뚜렷하게 기억나는 건 없다. 만약 기억이 리콜, 회생이 된다면 그건 어느 지점의 기억일까? 나는 의사의 말에 설득되지 못했다. 파편화된 기억들이 영상처럼 떠오를 때면 머리가 아팠다. 약을 먹으면 잠시나마 두통이 사라졌다. 약이나 상담으로 해결될 문제가 아니었다. 모든 게 안개처럼 뿌옇기만 했다. 나는 내가 누구인지 잘 모르겠다. 오늘의 내가 어떤 어제를 살았던 인간인지. 엉켜 있는 생각의 덤불 속에 여러 개의 내가 웅크리고 앉아 있다.

언젠가 '해리'라는 말을 검색해 본 적이 있었다. 풀려서 떨어짐. 또는 풀어서 떨어지게 함. 내 머릿속의 어떤 신경줄이 끊어진 것일까? 밖으로 나오지 못하는 기억이란 무엇인가? 나는 내가 잃어버렸다는 어두운 암벽 저쪽에 남겨진 내 삶의 흔적을 그리워한다. 끝내 불러오지 못한다는 기억을.

네가 누구든 상관없어. 그렇게 괴로우면 그냥 고아라고 생각해. 나도 고아나 다름없잖아. 신애가 말했다. 차라리 고아가 낫지. 기억 따윈 내 삶에 어떤 영향도 미치지 않을 거라고 생각해 왔다. 그러면서도 내내 마음이 혼란스러웠다.

다음 날 아침부터 예약이 빼곡했다. 혼자 A라인 아파트 서너 곳을 뛰었다. 인형, 몰펜, 공구 세트 등 아기 용품을 세척하고 소독하는 작업이었다. 서비스로 젖병 소독까지 말끔하게 해 주었다.

동규 녀석과 같이 일을 할 때도 있었지만 큰 일이 아니고는 각자 다니는 게 편했다. 녀석은 말이 많다. 사용하는 세제에 대한 설명을 한 보따리 늘어놓는다거나 집구조나 형태를 가지고 주인의 성향이 어떻다는 등 일하면서 이야기가 끝이 없다. 게다가 말끝마다 자기 이야기에 대한 리액션을 요구한다. 말 많은 건 모른 척 흘려버리면 그만인데, 눈을 마주치면서 반응을 확인하는 녀석이 귀찮았다. 그렇긴 해도 간혹 강박이라 할 정도로 기억의 조각을 맞추려는 생각의 맥을 동규가 끊어 주어서 다행일 때도 있다.

나는 그동안 여러 종류의 알바를 전전했다. 자장면 배달, 택배, 유과 공장, 가구 운반까지. 뒤늦게 우연히 시작한 청소 일이 의외로 내 적성에 잘 맞았다. 무엇보다 단절된 일상을 사는 나에게 이 일은 세상과 연결된 유일한 통로였다. 다른 사람의 살림살이를 들여다보는 게 재미있다. 남의 집 식탁을 손으로 쓸어 보거나 그릇들의 정리 상태를 보며 이 집은 어떤 집일까 상상을 해 본다. 때로는 그 집의 행복, 불행까지 점쳐 본다. 남의 행불행이 내게 무슨 상관이 있겠냐만. 콜타르처럼 가라앉은 기억을 더듬어 내 부모의 이름과 직업을 맞춰 보고, 집 구조와 가구들로 과거 어느 한때의 일상을 이끌어 내고 싶은 내 무의식일지 몰랐다. 그럼에도 조각들은 늘 서로 어긋났다.

청소 용구들을 챙긴 뒤 사무실로 향했다. 수금한 돈이 제법 두둑했다. 피톤치드 시공 두 건과 32평형 대청소 두 건, 해충 방제 처리 한 건. 피톤치드 시공은 피톤치드

원액을 컴프레셔로 실내 공간에 분산하여 코팅하는 방법이다. 테르펜 물질이 상쾌함을 만들어 주고 세균, 탈취력이 뛰어난 점 때문인지 집집마다 선호했다. 조만간 셋이 목에 기름칠이나 해야겠다 생각한다. 일을 시작한 이후로 제대로 된 회식 한 번 하지 못했다. 위로금으로 얼마라도 푸는 게 사장의 도리이지 싶었다.

　결산을 하느라 시간이 꽤 늦었다. 사무실에서 나와 원룸으로 차를 몰았다. 삼거리에 있는 아파트를 지나 원룸에 도착했다. 차를 주차하고 나오는데 건너편 벽돌집 창문에 불이 켜져 있는 게 보였다. 나는 벽돌집으로 갔다. 실루엣이 얼핏 스쳤다. 웅성거리는 소리인지 음악 소리인지 뭔가 시끄러운 소리가 흘러나왔다. 곧 입주할 대학생 커플인가? 나는 주변을 이쪽저쪽 둘러보았다. 그때, 계단 쪽에서 중학생으로 보이는 웬 남자아이를 발견했다. 몸은 왜소했지만 키는 큰 편이었다. 녀석은 담배 연기를 쉼 없이 뿜어냈다. 연기 때문에 기침이 몰아서 나왔다. 나는 녀석을 쏘아보았다. 녀석은 뭘 봐! 꺼져! 라는 표정이었다. 잘못 건드렸다간 물고 있는 담배꽁초를 내게 던질 기세다. 저만할 때는 세상 무서운 게 없다. 모르는 척 지나가는 게 상책이다. 녀석이 손을 아래에서 위로 두세 번 들어 올렸다. 꺼지라는 신호였다. 머리에 피도 안 마른 녀석에게 바보 취급당한 기분이다.

김 여사한테 전화가 왔다. 지난밤, 그 집에 누가 있던 것 같던데요. 나는 전화기에 대고 목소리를 높였다. 자초지종은 나중에 이야기하고 얼른 가서 청소부터 해. 김 여사 역시 급하다는 듯 소리를 질렀다. 예정보다 청소 일이 하루 앞당겨졌다.

나는 전화를 끊자마자 청소 용구부터 찾았다. 알몸으로 설치자 신애가 눈을 비비며 자리에서 일어섰다. 혼자 갈 수 있겠어? 걱정을 하는 건지, 확인을 하는 건지 애매한 말투다. 나는 옷을 입고는 서랍 안에서 신경안정제를 꺼내 주머니 속에 넣었다. 큰 효과는 없어도 챙겨 두는 거였다.

"당연히 혼자 갈 수 있지. 별일 아니라고 그랬어."

나는 대수롭지 않다는 듯 의사가 한 말을 내뱉었다.

김 여사는 가출한 10대들이 빈집에 들어가 술을 마시고 난동을 피워 경찰이 아이들을 데리고 갔다고 했다. 뉴스에서 아이들이 빈집에 들어가 그곳을 엉망으로 만든 이야기를 들은 적은 있지만 설마 벽돌집에서 똑같은 일이 벌어질 줄은 몰랐다. 녀석이 한 패거리였나 보군. 담배를 피우며 나를 쳐다보던 녀석의 표정이 떠올랐다. 김 여사는 주인 형이라는 사람에게 전화를 했다고 했다. 이사 들어오는 사람에게 피해가 없도록 빨리 청소해 달라는 부탁을 했단다.

나는 용구함을 들고 계단을 서너 개씩 올라갔다. 입구부터 악취가 풍겼다. 현관문을 열자 입이 쫙 벌어졌다. 맨 먼저 내 눈에 띈 건 수북하게 쌓인 소주병과 맥주병이었다. 대부분의 병들이 조각이 난 채 깨져 있었다. 뾰족한 부분을 밟았다간 작업화마저 뚫을 것 같다. 나는 작업화 코로 유리 조각들을 한 곳으로 모은 뒤 길을 냈다. 거실 역시 난장판이었다. 이 더운 날에 뭘 했는지 거실에 이불이 깔려 있고 먹다 남은 과자며 음식물 쓰레기들이 서로 뒤엉켜 퀴퀴한 냄새를 풍겼다. 소파에는 구토 자국이 낭자했다. 한쪽 구석에는 앞서 세 든 사람이 버리고 간 듯한 세간들도 있었다. 이불을 걷어 올렸다. 핏자국이 얼룩져 있고 콘돔이 보였다. 벌거벗은 아이들 모습이 눈에 선했다. 이슬람풍의 카펫, 고풍스러워 보이는 소파, 거실에 있는 장식장까지 난장판인 모습 속에서도 꽤나 근사한 것들이 눈에 띄었다. 주인이 그런대로 공을 들인 집이었다.

부엌으로 향했다. 제일 먼저 냉장고부터 열었다. 생수병에 노란 물이 담겨 있었다. 오줌이었다. 행여 가스 밸브가 열려 있을까 그쪽으로 눈길을 돌렸다. 밸브는 열려 있었지만 가스는 끊긴 상태인지 불이 켜지지 않았다. 다시 거실 쪽으로 나가려는 순간 발밑에 뭔가 뭉클한 게 밟혔다. 주변에 금붕어들이 흩어져 있었다. 화장실이며 다른 방은 어떨지 직접 확인하지 않아도 알 것 같았다.

동규에게 전화를 걸었다. 신애와 함께 와 달라고 했다. 혼자서는 도저히 엄두가 나질 않았다. 셋이서 아무리 빨리 한다고 해도 이삼일은 걸릴 일이었다. 앉아서 담배 한 대를 물었다. 얼마 안 있어 동규와 신애가 계단을 올라오는 소리가 들렸다.

"세…상에 이게 다 뭐야?"

들어서자마자 둘은 놀란 듯 소리부터 질렀다.

"입 다물어. 벌레 들어간다."

"임마, 지금 농담이 나오냐?"

"나도 하도 어이가 없어 이러고 있는 중이시다."

나는 신애가 들어올 수 있게 손을 잡아 주었다.

"씨발. 세상 참, 잘 돌아간다."

동규 역시 요즘 어린것들은 무서운 게 없다며 욕을 퍼붓는다. 어디서부터 손을 대야 할지 나도 동규도 난감했다. 눈앞의 쓰레기부터 치우자. 신애가 먼저 움직였다. 쓰레기를 마대 자루에 쓸어 담았다. 깨진 소주병과 맥주병은 따로 분리해서 담고 빈 박스는 박스대로 모아 놓았다. 상자 하나가 쓰레기 더미에 섞여 있었다. 꽤 묵직해 보였다. 상자를 열어 봤더니 공책이 들어 있었다. 공책 한 권을 꺼내 먼지를 털었다. 겉은 낡았지만 안의 메모들은 알아볼 수 있을 만큼 또박또박 쓰여 있었다. 버릴까 하다 주인이 찾을 수도 있겠다는 생각이 들었다. 한 번 더 확인을 하고 한쪽에 밀어 놓았다.

담아도 담아도 쓰레기가 줄지 않았다. 가져온 마대 자루로는 어림도 없었다. 신애가 내려가더니 자루를 몇 개 더 가지고 올라왔다.

쓰레기를 분리하는 데만 한나절이 갔다. 불어터진 자장면을 먹는 둥 마는 둥 했다. 오늘 일은 대충 여기서 끝냈다. 피곤이 몰려왔다. 셋 다 거지꼴이었다.

"야, 오늘처럼 먼지 많이 마신 날엔 목에 기름칠이라도 해야지. 삼겹살 콜?"

동규 말에 나와 신애가 엄지를 치켜세웠다.

국내산 삼겹살 두 팩과 소주를 사 들고 사무실로 왔다. 고기 굽는 냄새가 사무실 안에 가득 퍼졌다.

"사장님. 고기 많이 처드세요. 아, 얼마만의 기름칠이고? 한 달에 한 번은 고기 좀 먹자고요."

신애가 낄낄거렸다. 오랜만에 셋이 함께하는 저녁 식사였다. 고기가 알맞게 구워지고 신애와 동규가 주거니 받거니 소주잔을 기울였다. 서로 티격태격해도 앙금이 남지 않아서 좋았다.

"그 집 대박이지!"

신애가 고기를 뒤집으며 벽돌집 이야기를 꺼냈다.

"그렇게 엉망진창인 집은 진짜 처음이다, 안 그러냐."

"그러니까 우리를 불렀지. 깨끗하면 우리를 부르겠어? 근데 말이야, 좀 이상하긴 했어. 신기하게도 가위도 그렇고 내가 찾는 물건이 생각하는 곳에 딱딱 그대로 있더라고."

신애는 먹던 젓가락을 잠시 놓고는 내 얼굴을 빤히 쳐다보았다. 느닷없이 생뚱맞은 소리를 하냐는 표정이다. 동규는 고기가 잘못 넘어가기라도 한 듯 캑캑거렸다.

"또, 또 그런다. 그…게 뭐가 신기하냐? 암튼 뭐든 끼워 맞추는 데 선수라니까. 대부분 사람들은 다 비슷한 곳에 물건을 정리한다고. 가위를 책꽂이에 꽂아 놓지는 않잖아? 억지로 꿰어 맞추는 거, 그것도 병이다."

"……."

"신…경 쓰지 말고 고기나 더 처먹자고요."

동규는 언제 그랬냐는 듯 아무렇지 않게 고기를 씹어 댔다.

"아, 해 봐!"

신애가 상추쌈을 입안에 넣어 주었다. 심각한 분위기를 아무렇지 않게 자연스럽게 넘기고 싶어 하는 신애 특유의 오지랖이다. 매운 마늘과 고추 탓에 입안에서 불이 났다.

"꼴사나워서 못 보겠네, 형수!"

오늘따라 동규의 비아냥이 거슬리지 않았다. 지글지글 튀어 오르는 기름 소리마저 살갑게 들렸다. 남은 소주를 다 마신 후 뒷정리를 했다. 동규는 당구를 치러 갔고 신애는 약속이 있다며 자리를 떴다.

바람이 시원했다. 나무의 곁을 맴도는 바람은 그지없이 평화롭다. 공원 벤치에 잠시 앉았다. 나는 오가는 사람들을 바라보았다. 혼자 있을 때도 그렇지만 사람들과 있을 때도 나는 멍하니 있을 때가 많다. 기억이라는 놈에게 내 손이며 발, 생각까지 꽁꽁 묶여 있다. 언제부터인가 놈은 허락 없이 점점 주인처럼 나를 지배한다. 기억에 시달리다 보니 사람들과 제대로 말을 나누기도 어려웠다. 동규나 신애와도 거리감이 생겼다. 더듬이의 촉수를 들이대 보지만 머릿속은 빈집이다.

동규 말처럼 아닌 걸 억지로 꿰어 맞추려고 하는 거 병 맞다. 누구나 모든 걸 다 기억하며 사는 사람은 없다. 보고 싶은 것만 보고 듣고 싶은 것만 듣고 살지 않는가. 기억도 마찬가지다. 애써 기억해 낼 필요 없다. 모르면 그만이다.

벤치에서 일어섰다. 벽돌집에 들렀다 갈까 싶었다. 어차피 내일도 청소를 하러 가야 했다. 미리 가서 청소를 좀 해 두는 것도 좋을 것 같았다. 나는 다시 사무실에 올라가 용구들을 챙겼다.

　늦은 저녁, 혼자 벽돌집으로 갔다. 벽돌집 창고 옆에 둔 마대 자루는 그대로 있었다. 나는 거실로 들어가 남아 있는 쓰레기부터 치웠다. 그러고 나서 큰방으로 갔다. 방문이 잠겨 있었다. 열쇠 꾸러미에서 큰방 열쇠를 찾았다. 방 안 곳곳 먼지가 가득했다. 침대 옆 한 모퉁이에 짐들이 쌓여 있었다. 화장대 위에는 고가로 보이는 화장품과 조화 꽃병이 있다. 방울처럼 달려 있는 꽃잎은 색이 변한 채 먼지가 내려앉아 있었다. 짐이 쌓여 있는 벽 위쪽에는 당구 큐대가 걸려 있었다. 모양이며 종류가 다양한 큐대는 마치 영화의 한 장면에 나오는 사냥총 같았다. 나는 큐대 쪽으로 손을 뻗었다. 손이 떨렸다. 마치 만지면 안 되는 걸 몰래 만지는 것처럼 가슴이 쿵쾅댔다.

　당구 큐대는 단풍나무로 만든 4구 쿠션 전용이었다. 하대에는 충격 흡수 방지 캡이 있고 상대에는 팁이 정착되어 팁 교체가 자유로운 큐대였다. 나는 화장대 위에 큐대를 놓고 엄지와 검지를 세우고 중지를 엄지 쪽으로 끌어당겼다. 자세를 잡고 당구 치는 시늉을 했다.

그러다 멈칫했다. 한 번도 당구를 쳐 본 적이 없었다. 밥 먹듯 당구장에 드나드는 동규 녀석에게 얻어 들은 탓일까, 녀석과 당구 채널을 많이 본 탓일까. 이렇듯 상세하게 알고 있다니. 내 생각이 쓸데없는 데까지 뻗어 나갔다 싶었다. 나는 몸을 일으켜 당구 큐대를 있던 자리에 걸어 놓았다. 당구장 주인이니까 당구 큐대로 벽을 장식할 수는 있다. 큰방을 나왔다.

작은방을 열쇠로 땄다. 주인 아들의 방이었다. 책상 위에 놓인 지구본과 장난감들이 보였다. 유리문이 달린 책장 안은 로봇과 애니메이션 피규어들로 가득 차 있었다. 로봇은 출시되었던 시기별로, 피규어들은 애니메이션별로 정확하게 정리가 되어 있었다. 줄은 물론 간격까지도 한 치 흐트러짐이 없었다. 아들의 정리 강박증이 확 느껴졌다.

나는 가지고 간 광목천으로 침대와 책상부터 덮었다. 침대 보조 탁자나 스탠드 등 가구와 소품들에는 신문지를 덮고 접착테이프로 고정했다. 요철이 있는 가구에 너무 깊게 먼지가 끼지 않도록 하기 위한 것이다. 창문과 마주 보는 책장은 햇빛에 가구 색이 바래지 않도록 자투리 벽지로 앞면을 가렸다. 작은방, 화장실, 거실, 세를 든 방까지 거의 정리가 끝났다. 거실 주변을 체크했다. 묵직한 상자 하나가 눈에 들어왔다. 청소하다 구석에 밀어 놓았던 그 상자였다. 공책 한 권을 집어 들었다.

오른발은 45도. 왼발은 직선에서 한 발 정도 왼쪽으로 이동. 왼팔을 뻗어 브릿지와 코가 일치돼야 하고 그립은 큐의 중심에서 한 뼘 정도 뒤로 잡고 계란 쥐듯 가볍게 잡을 것. 안정적으로 스트로크할 수 있는 기본자세가 중요. 씨팔. 지도 못하는 주제에 개수작질. 당구 훈련이 목적이 아닐지 모른다. 핑계다. 때릴 구실이 필요한 거다. 씨팔.

공책을 보는 순간 머리가 지끈거렸다. 머릿속에서 짧은 영상 하나가 스쳐 지나갔다.

녀석이 잔뜩 등을 구부린 채 무릎 사이로 얼굴을 묻고 있다. 진땀을 흘리며 끙끙댄다. 꿈이라는 자각이 어렴풋이 드는데도 장면에서 헤어 나오지 못한다. 앞에 서 있는 남자의 지독한 구타를 예감하면서도 속수무책 장면이 이어지고 말 것 같아 절망에 빠진다. 나는 두려움에 떨면서도 고개를 들어 남자의 얼굴을 보라고 애절한 마음으로 녀석을 다그쳤다. 녀석의 결심이 느껴진다. 눈을 떴다. 안도감도 잠시, 나는 몹시 허탈해졌다.

공책을 다시 상자 안에 넣었다. 계단을 내려오는데 핸드폰이 울렸다. 터치하려는 순간 벨이 끊겼다. 신애였다. 신애에게 다시 전화를 하려다 말았다.

집에 도착하자마자 처방받은 안정제를 삼켰다. 라디오를 크게 틀어 놓은 채 침대에 벌러덩 드러누웠다. 바람, 불륜, 죄의 씨앗. 공책 때문일까, 영상 때문일까. 젠장, 또 이상한 단어들이 계속 머릿속을 들쑤셔 놓았다.

아직도 기억하고 있어요. 라디오에서 L의 노래가 흘러나왔다. 라디오를 껐다. 언제 다시 잠이 들었는지 아침이 되었다. 김 여사로부터 청소비를 받으러 오라는 문자가 왔다.

발걸음은 어느새 벽돌집 앞이었다. 바닥에 담배꽁초 서너 개가 떨어져 있다. 나도 모르게 꽁초들을 주섬주섬 주웠다. 직업병이다. 허리를 펴는데 언제 나타났는지 중학생 녀석 하나가 발코니 난간에 앉아 있었다. 지난번 봤던 그 녀석인가 나는 좀 더 녀석 쪽으로 각도를 틀었다. 녀석이 고개를 숙인 채 꼼짝을 하지 않는다. 녀석은 발코니 바닥에, 나는 녀석에게 시선을 둔 채 한참을 그렇게 있었다. 얼마나 시간이 지났을까. 녀석이 일어났다. 지난번 그 녀석은 아니었다. 키가 더 작았다. 녀석은 너덧 걸음 너비의 발코니를 무슨 생각에 잠긴 듯 왔다 갔다 했다. 그러다 어떤 느낌이 들었는지 내 쪽을 향해 걸음을 멈추었다. 시선이 마주쳤다. 녀석은 알고 있었다는 듯이 나를 일별하고는 다시 걸음을 옮겼다. 녀석이 가서 선 곳은 베란다 창 앞이었다. 녀석이 힐끗 뒤를 돌아다보았다. 녀석의 등 너머로 환한 거실이 눈에 들어온다. 무언가에 붙들린 것처럼 나 역시 꼼짝할 수가 없었다.

거실 한가운데 커다란 배낭이 놓여 있다. 사방으로 흩어진 짐들과 국토를 걸으며 자신을 되돌아본다는 훈련 프로그램 안내서가 찢겨 나뒹군다. 소파에 앉은 남자는 아무렇지도 않은 듯 당구 큐대를 손질한다. 내일 아침 국토대장정은 물 건너갔다. 당구장 지구별 대항전 따위도 애초에 구실일 뿐, 나가든 안 나가든 남자도 별 상관없어 하는 일이었다. 그런데도 그 일로 남자와 여자는 죽도록 싸운다. 싸움은 어떤 일이든 상관없이 일어났고,

상관없는 모든 일이 종국엔 싸움이 되었다. 원인은 같은 거였다. 친자 확인을 하면 지긋지긋한 싸움도 끝이라며 서로에게 고함쳤다. 그러나 무엇이 두려운지 그 누구도 선뜻 검사를 실행하지 못한다.

안을 들여다보던 녀석이 뒤돌아섰다. 그리고는 발코니 난간으로 가 다시 앉는다. 환영이라 의심되리만치 주위가 쥐 죽은 듯 조용하다. 거실 불이 꺼진다. 녀석이 잠깐 고개를 든다. 한참 만에 방의 불 하나가 또 꺼진다. 녀석은 한참을 더 미동도 없이 앉아 있다. 오래 서 있었던 탓에 몹시 한기가 들 무렵 일어난다.

녀석이 발코니 계단을 내려와 지하 당구장으로 천천히 걸어간다. 녀석의 모습이 시야에서 사라지고 얼마 지나지 않아 지하 창문이 환해진다. 붉은 창문이 하나둘씩 늘어 간다. 창밖으로 불꽃이 치솟는다. 지하 당구장과 연결된 내실 계단으로 불꽃이 올라붙었는지 거실 바닥이 점점 환해진다. 그리고는 순식간에 거실 전체가 벌건 화염에 휩싸였다. 녀석은 내실 계단에 그대로 서 있다. 나는 녀석에게 나오라고 악을 쓴다. 빨리 나오란 말이야. 이 새끼야. 넌 새까맣게 타서 재가 될 거야. 녀석이 웃는다. 네가 들어와. 들어와서 네 머릿속에 들어 있는 그 검은 덩어리를 태워 버리라고! 녀석이 손짓한다. 넌 미친놈이야. 나는 계속 소리를 지른다. 불길이 점점 거세진다. 긴 혀를 내밀어 녀석을 휘감는다. 여전히 녀석은 불길 속에서 웃고 있다.

나는 소리를 치다가 울었다. 사람들이 하나둘 모여들었다. 몇몇 사람들이 벽돌집으로 다가갔다.

"뭐야? 아무 일도 없는데."

투덜거리는 소리가 들렸다.

나는 아무나 붙잡고 저 안에 녀석 하나가 서 있다고 말했다.

"녀석을 꺼내 오라고, 제발 119에 전화하라고!"

발을 동동 구르며 발악을 했다.

점점 더 사람들이 많아졌다. 내 주변을 빙 둘러쌌다. 하지만 움직이는 사람은 아무도 없었다. 힘이 빠져 쓰러져 버렸다. 눈꺼풀이 무겁다. 스르르 눈이 감겼다. 웅성거리는 소리가 아득하게 멀어졌다.

타로텔러

붉은 천이 깔린 탁자 위에 카드 한 세트가 놓여 있다. 여자는 카드를 꺼내 오른쪽으로 세 번 원을 그리며 조심스럽게 카드를 섞는다. 덱을 셔플하는 건 집중을 요한다. 서둘러서도 마음이 흩어져서도 안 된다. 여자는 숨을 깊이 들이마셨다 내쉬며 카드를 탁자에 펼친다. 카드의 오른쪽 모서리를 앞쪽으로 가져와 세로로 놓는다. 손님의 점을 칠 때와는 반대 방향이다. 카드를 뽑으려는 순간 문 앞의 종이 울렸다. 30대 후반의 남자가 문을 열고 들어섰다. 우주의 기운과 그 기운들의 흐름의 방향, 그것들이 한데 어우러져 만들어 내는 첫 이미지를 기억해야 할 시간이 남자의 방문으로 순식간에 깨졌다. 여자는 하루의 시작이 깨져 버린 것 같아 께름칙했다.

"요즘 통 잠을 못 자요. 병원에 가 봐도 뾰족한 수도 없고. 뭔가 계속 찜찜하기도 한 것이."

여자는 카드를 챙겨 넣으며 그제야 남자의 얼굴을 들여다본다. 미처 인사도 하기 전 사진처럼 선명한 영상이 남자를 훑고 지나간다. 다른 해석이 끼어들 여지가 없는 장면이었다. 결국 또 환영인가. 부지불식간에 찾아든 환영에 깊은 좌절감이 밀려든다.

"그 분야는 저도 잘… 건강 타로를 보는 힐링 타로방을 추천해 드릴 게요."

"타로 보는데 무슨 그런 걸 다 따져요. 이왕 들어왔으니 그냥 한번 보죠, 뭐."

"타로는 다른 데 가서 보시고…. 혹시 출장 가시게 되면 직접 운전은 하지 말고 회사차나 다른 사람 차를 타시면 좋겠어요. 지프차면 더 좋고."

"답답해서 타로나 한번 쳐 볼까 했을 뿐인데 참 별 시답잖은…, 교통사고 난다는 소리잖아. 하, 재수 없어!"

남자는 볼멘 얼굴로 튕기듯 자리에서 일어섰다. 쭉 뻗은 도로 한가운데 누워 있는 남자, 흥건한 검붉은 피, 여자는 머리를 흔들었다.

여자는 카드를 상자에 넣고 열쇠를 채웠다. 귀를 닫고 눈을 닫아야 한다. 떠도는 존재들에게 다시 붙잡히면 안 된다. 여자는 향을 태운다. 향의 연기가 일직선으로 올랐다 퍼지는 모양을 끝없이 연상한다. 어느 순간 생각의 끈이 툭 끊어진다.

여자의 타로방은 손님이 많았다. 손님들의 면면도 다양했다. 아들이 면접에 붙을지 궁금해하는 중년의 여인, 애인을 만들고 싶어 하는 여대생, 오디션에 합격할지 자신이 만든 노래를 직접 들려주는 가수 지망생, 결혼과 이혼을 앞둔 남자와 여자들, 사람들은 타로방에 답이 있기라도 한 것처럼 줄을 서서 다녀갔다. 카드를 만지는 여자의 손도 덩달아 바빠지고 빨라졌다. 귀에 속삭이는 목소리 없이, 환영 없이, 카드 그림이 보여 주는 대로 설명해 주는 일이 여자는 좋았다. 하지만 타로를 보기도 전에 오늘처럼 앞일이 보이는 손님이 있다. 그럴 때면 타로점을 접었다. 그런 사람은 타로점에서도 나쁜 패가 나왔다. 여자의 노력을 비웃기라도 하듯 자신의 의지와 상관없이 사람들의 운명이 보였다. 잘 맞춘다는 소문이 났다.

 엄마 역시 사람들의 운명을 봤다. 신들린 채 굿을 하는 엄마 모습이 싫었다. 여자는 커 가면서 이유 없이 몸이 아팠고 용하다는 스님에게 제령을 받기도 했지만 그때뿐이었다. 여자가 앓을 때면 엄마는 신굿을 해 주려고 했다. 신을 모시고 신의 말을 듣고, 신의 사람이 되라는 것이었다. 의지대로 살 수 없다는 말이었다. 그런 삶에서 달아나고 싶은 생각밖에 없었다.

 출근길, 골목 안으로 들어서자 만두를 굽던 지호가 아는 척을 했다. 여자는 가볍게 손을 들었다. 지호와는 손님으로 만났다. 처음 지호가 타로를 보러 왔을 때 손재주가 있어 손으로 하는 걸 하면 성공할 거라고 말해 주었다. 먹는 것 중, 동그랗게 생긴 게 좋겠다고 했다. 지호는 친구와 함께 왕만두 가게를 열었다. 가게를 넓히지 말 것과 낡을수록 돈이 잘 붙는다는 여자의 말을 믿어서인지 지호는 낡고 좁은 만두 가게에 손님이 넘쳐 나도 자리를 지키고 있었다.

 건너편 타로방 '흥미삼아'에 사람들이 삼삼오오 모여 있었다. 커플과 아줌마, 학생들이 미니 의자에 앉아 순서를 기다리고 있다. 요즘 들어 계속 타로방이 늘어났다. 궁합 전문 타로방, 별자리 타로방, 색깔 타로방, 여자가 있는 근방에도 줄줄이 타로방이 들어섰다. 저렴한 가격으로 자신의 앞날도 알 수 있고 점괘가 맞으면 맞는 대로, 안 맞으면 안 맞는 대로 깊이 고민할 필요가 없었다. 점집에서 케케묵은 이야기를 듣는 것보다 타로방이나 타로카페에서 시간도 때울 겸 재미로 타로 보는 걸 더 좋아하는 듯했다. 젊은 세대들에게는 타로도 하나의 즐거운 놀이였다.

여자는 팻말을 걸고 타로방 안으로 들어갔다. 들어오자마자 상자 안의 카드를 꺼냈다. 호흡을 가다듬은 뒤 셔플했다. 드르륵 문 여는 소리가 들렸고 종이 딸랑거렸다. 50대로 보이는 중년 여자 손님이 의자에 털썩 주저앉았다. 손님을 보자 문득 엄마 나이도 저쯤 됐을 거라는 생각이 들었다.

"어떻게 오셨어요?"

"요 앞에서 계모임을 했는데 생각보다 일찍 끝났지 뭐야. 애정운이나 볼까 해서. 잘 맞춘다고 소문이 자자하던데. 빨리 와서 망정이지 하마터면 못 볼 뻔했어."

손님은 동생한테 말하듯 반말을 했다.

"그러셨군요. 남성 분을 생각하면서 왼손으로 세 장 뽑으세요."

여자는 뒷면이 보이게끔 카드 한 세트를 테이블 아래 놓는다. 부채꼴 모양으로 쫙 펼쳤다. 우주의 시간이 열리는 순간이었다.

손님은 자기 앞에 있는 카드를 세 장 뽑아 여자에게 건넸다. 알이 박힌 반지가 반짝였다.

"과거, 현재, 미래."

카드를 배열한 뒤 그림 앞면이 보이도록 뒤집었다.

"첫 번째는 고위여사제, 두 번째는 황제, 마지막은 광대군요."

환영이 찾아오지 못하도록 여자는 오로지 카드에 정신을 집중했다. 석 장의 카드를 이미지리딩 했다. 그러고는 하나의 이야기로 연결했다. 타로 카드 한 장에도 수많은 상징체계가 있다. 똑같은 카드, 똑같은 스프레드가 나왔다고 해도 경험이나 상황에 따라 전혀 다른 해석이 나올 수 있었다. 게다가 타로텔러의 한마디가 상대에게 줄 수 있는 영향이 컸기 때문에 손님의 마음을 읽고 이왕이면 도움이 되는 말을 해 주려고 노력했다. 떠도는 영혼과 싸워야 하는 시간이자 운명을 견뎌야 하는 고통의 시간이기도 했다. 그들에게 몸과 정신이 침식당하지 않기 위해.

카드를 해석하려는 순간 현기증이 일었다. 어깨가 바르르 떨렸다. 여자는 목덜미를 쓸어 내렸다.

"이봐 아가씨?"

"죄송합니다. 손님, 잠깐 바깥바람 좀 쐬고 올게요."

여자는 손님을 두고 밖으로 나왔다. 손님 말대로 사람들이 꽤 많았다. 팻말을 걸기 무섭게 줄을 서기 시작했던 모양이었다. 잠시 주위를 걸었다. 타로를 보려는 순간 여자의 눈에 힘이 들어갔다. 머리가 지끈거렸고 성대가 꽉 눌린 것 같은 답답함이 밀려왔다. 연이어 어린아이의 목소리가 튀어나오려고 했다. 덜컥 겁이 났다. 목소리가 튀어나오지 못하게 입을 틀어막았다. 동자신이었다. 밖으로 나와 마음을 다스려야 했다. 그러지 않으면 상황이 더 나빠질 것 같았다. 호흡을 조절하면서 어떤 감정도 들어오지 못하도록, 무심의 상태가 되려고 애썼다. 그것만으로도 마음이 편안해진 느낌이었다.

여자는 타로방으로 다시 들어갔다. 의자에 앉은 뒤 세 장의 카드를 보며 설명을 했다.

"주변 정리를 좀 하셔야겠네요."

"주변이요? 무슨 뜻이에요?"

여자 눈에 모텔에서 두 남녀가 침대 위에서 뒹구는 모습이 보였다. 이내 고개를 저었다. 가능한 카드의 의미로 해석하려고 했다.

"손님 인생에 도움이 안 되는 분이 있네요. 그분으로 인해 그동안 지켜온 것들이 무너질 수 있어요."

"남자? 남자를 말하는 건가요?"

"그럴 수도…."

"그럼, 남편은 알고 있을까요?"

"곧 알게 될 거예요. 아무튼 정리하지 않으면 일이 커질 수도 있어요."

"그럼, 선생님 어떻게 해야 할까요?"

반말을 하던 손님이 어느새 여자를 선생님으로 불렀다.

"이제, 제자리로 돌아오셔야지요."

"선생님은 다 알고 계셨군요."

"그저, 어떤 기운의 조합, 그 기운으로 카드를 해석하는 것일 뿐이죠. 우연히 맞을 수도 있고 완전히 맞지 않을 수도 있어요. 맞으면 선택하는 것이고 아니면 버리면 됩니다. 게다가 대부분의 경우 이야기를 하는 동안 스스로가 생각을 정리합니다. 선택도 손님이 하시는 것이고, 그것 또한 손님의 운명이니, 제가 하는 건 별로 없어요."

여자는 선반 위의 향을 가져와 피웠다.

"왜 향을 피우세요?"

"나른하기도 하고, 좀 텁텁해서요."

손님은 고맙다는 말과 함께 왜 사람들이 줄을 서는지 알겠다는 말도 했다. 손님이 탁자 위에 돈을 올려놓고 나갔다. 5만 원짜리 지폐였다.

지호가 문을 열고 얼굴을 빼꼼 내밀었다. 아직 점심 전이죠? 포장 만두 두 개를 여자에게 내밀었다. 지호는 가게를 비워 놓을 수가 없다며 금방 가 버렸다. 고맙다는 인사도 못 했다. 지호는 성공한 것이 여자의 도움 때문이라고 했지만 도움을 받는 건 되레 여자 자신이라는 생각이 들었다. 이 골목 안에서 유일하게 지호만이 여자를 이해해 주는 것 같았다. 만두로 간단하게 요기를 하고 다시 타로를 보기 시작했다. 밤늦도록 손님을 받았다.

여느 때처럼 출근을 했다. 어쩐 일인지 건너편 타로방 여자들이 길가에 나와 있었다. 그들은 모여 수군댔다.

"그냥 재미 삼아 봐 주면 될 걸 잘 알지도 못하면서 쓸데없는 소리를 한다며?"

"신내림 받았다는 소문이 파다해요."

여자가 못 들은 척 다시 걸음을 옮기려는데 갑자기 힐링 타로방 여자가 앞을 막아섰다. 얼굴을 가까이에서 본건 오늘이 처음이었다.

"당신 같은 점쟁이 여자 때문에 우리 같은 사람들까지 욕먹잖아. 당신 엄마도 점쟁이라면서. 여긴 젊은이들의 문화 공간이지 점쟁이가 설치는 무당집이 아니라고. 당신 같은 여자는 이 골목에 안 어울려. 어머머, 노려보는 것 좀 봐. 귀신이 따로 없네."

여자가 서 있음에도 상관없다는 듯, 더 들으라는 듯, 타로방 여자들은 맞장구를 치며 계속 떠들어 댔다.

여자는 타로방으로 갔다. 처음, 건너편 여자들이 자신을 두고 입을 대는 걸 여자의 타로방만 사람이 많다는 것에 대한 불만쯤으로 생각했다. 하지만 어찌나 눈치가 빠른지 그들은 엄마가 무당이라는 것도 알아냈다. 무턱

대고 여자를 엄마와 같은 점쟁이로 취급했다.

유치원 일을 할 때도 그랬다. 여자는 아이들이 다치는 꿈을 자주 꾸었고 꿈속에서 일어난 일이 실제로 일어났다. 하루하루 견디기가 힘들어 사직서를 냈다. 여자는 학원 강사며 방문교사, 베이비시터까지 했고 조그마한 회사에도 취직을 했다. 그러나 하는 일마다 다 엉망이 되고 말았다. 여자는 직장 생활을 오래 하지 못했다. 직장 생활뿐 아니라 연애도 잘 안됐다. "카드 몇 장으로 운명을 본다? 요즘 같은 세상에? 처음에는 뭐 재미로 볼 수 있겠지. 그러다 보면 점점 운명론자가 돼. 별 볼일 없는 인간이 되고 만다고." 여자는 남자와 오래가지 못할 거라는 걸 직감했다. 여자는 남자와 헤어졌다.

누군가는 원치 않으나 남의 인생을 보는 사람도 있다. 하지만 엄마 같은 삶은 살고 싶지 않았다. 인간이 알 수 없는 영적인 공간, 그 어딘가에 머물고 있는 영혼의 존재, 인간 몸을 상하게 하는 존재를 몸 안에 받아들일 수는 없었다. 자신의 생각이라고는 없는 무아의 상태에서 혼령을 통해 혼령의 말을 전달하는 엄마의 삶, 다 싫었다. 그건 온전한 삶이 아니었다. 여자는 그런 운명으로부터 도망치고 싶었다. 자기 의지와는 상관없이 흘러가는 삶, 실체가 없는 삶을 살 수는 없었다. 자기 의지대로 상황을 개척해 나가는 것, 그것이 가야 할 길이라고 믿었다.

여자는 자신의 운명을 거스르면서까지 지켜 왔던 무언가가 와르르 무너지는 듯한 느낌이 들었다.

여자는 카드를 섞었다. 카드 한 장이 튕겨 나왔다. 타로를 처음 배우는 사람들이 흔히 하는 실수였다. 카드가 손에 익지 않을 때 카드가 튕겨 나오기도 한다. 하던 일을 멈추고는 탁자 뒤로 손을 뻗어 창문을 열었다. 창문 틈으로 바람이 일었다. 두 손을 배 위에 편하게 올려놓은 채 눈을 감았다. 깨끗하지 못한 마음을 버리고 우주의 맑은 기운을 몸 안에 채우기 위해서다. 우주의 기운으로 자신 몸의 기운을 다스려야 한다. 30분이 지났을까 눈이 뜨였다. 카드를 정리한 뒤 상자 안에 넣었다. 여자는 일찍 문을 닫으려고 일어섰다. 팻말을 들고 밖으로 나갔다.

웬 남자 주변에 사람들이 모여 있었다. 궁합 타로방 여자, 흥미삼아 타로방 여자, 힐링 타로방 여자도 있었다. 다들 무슨 일인가 싶어 구경 온 듯했다. 힐링 타로방 여자의 표정이 울그락불그락했다.

"처음엔 긴가민가했다고요. 근데 선생님 말 듣기를 잘 했지, 아니면 정말 골로 갈 뻔했다니까요. 여기 선생님, 진짜 용하십니다."

남자 말에 사람들이 웅성대기 시작했다. "그럼 우리도 여기서 타로 보자." 여학생 소리가 들렸다. 곧이어 젊은 남자가 "자기야!" 여자 친구를 불렀다.

"안녕하셨습니까? 선생님!"

남자가 여자를 보자 손을 덥석 잡았다. 여자는 깜짝 놀라 주춤거렸다. 며칠 전 타로를 보러 왔던 수면 부족 의 그 남자였다. 남자가 먼저 타로방으로 들어갔다. 어 쩔 수 없이 여자도 뒤를 따랐다. 어디선가 누군가의 시 선이 느껴져 뒤를 돌아보았다. 엄마였다. 알 수 없는, 복 잡한 표정으로 여자를 빤히 쳐다보았다. 엄마는 눈이 마 주치자 재빨리 사람들 속으로 섞여 들었다.

"어쩐 일이세요?"

여자가 의자에 앉자 남자도 손님용 의자를 앞으로 당 겨 앉으며 말했다.

"고맙다는 말씀을 드리고 싶어, 이렇게 다시 찾아왔습니다."

"글쎄요, 무슨 말씀을 하시는 건지…."

"왜, 그날 출장을 가게 되면 직접 운전하지 말라고, 회사차나 다른 사람 차를 타라고 했잖습니까, 지프차면 더 좋다고. 동료 지프차를 탔는데 차가 전복됐지 뭡니까? 다행히 팔만 골절됐습니다. 다른 곳은 멀쩡합니다. 선생님 말씀 안 듣고 제 마음대로 했다면, 생각만 해도 끔찍하군요. 다 선생님 덕분입니다. 근데… 그때, 왜 타로를 안 본다고 하셨습니까?"

"별다른 이유는 없어요. 그때 다른 약속이 있다는 걸 깜박했던 거예요."

"선생님은 미리 알고 계셨던 겁니까?"

"손님 나이엔 출장을 자주 가시잖아요. 게다가 불면증이 있으면 장거리 운전이 위험하다는 건 누구나 다 알고 있고요. 전 그저 상식적인 이야기를 해 드린 것뿐입니다."

"아무튼 점이 딱 들어맞았습니다."

"점이라니요? 살면서 기운 빠지거나 누군가와 이야기

를 나누고 싶을 때 들러 가볍게 보고 가는 것, 어찌 보면 그게 타로죠. 전 점 보는 사람도 아니고요. 스스로가 답을 찾고 생각을 정리하는 것일 뿐, 제가 그 말을 했다고 해서 사람들이 다 듣는 건 아니잖아요. 귀담아듣고 조심해서 위험을 피할 수 있었던 건, 그건 손님의 의지 덕이 아니었을까요?"

"그렇군요. 아무튼 선생님, 이 은혜는 잊지 않겠습니다."

"그러실 필요는 없어요. 잘 됐다니 저도 기쁘네요."

남자는 자리에서 일어나 공손하게 인사를 했다. 많이 다치지 않은 건 다행이었다. 그러나 남자 말처럼 점괘가 맞았다는 사실에 한편으로 마음이 더 무거웠다.

운명은 바꿀 수 없다. 그렇다면 그 운명을 말해 줄 이유도 없다. 운명이 아니라, 그저 앞날을 미리 보고 싶은 거라면 그 역시 별 의미가 없다. 상황에 따라, 의미에 따라, 인간의 미래란 얼마든지 달라질 수 있으니까. 말해 준들 무엇이 바뀔까. 그럼에도 우리는 다양한 해석의 세계를 통해 용기, 희망, 치유의 기쁨을 얻고 싶어 한다. 어떤 길이, 또 다른 길이 있을지, 아무도 알 수 없다. 여

자가 타로를 치는 건 다만 선택지를 좀 더 폭넓게 보여
주기 위한 것일 뿐이었다.

점심시간이 되자 타로방 주변도 한산했다. 엄마가 찾
아왔다. 엄마와 마주치고 이틀이 지나서였다.

"어쩐 일이야."

엄마는 위아래 회색 한복을 입고 있었다. 산에 기도
드리러 갈 때 입던 한복이었다. 여자가 학교에 갔다 올
때마다 엄마의 모습은 보이지 않았다. 엄마는 물건을 쌓
아 둔 조그마한 방에서 뭔가를 하고 있었다. 엄마는 그
방에서 대부분의 시간을 보냈다. 청소라도 하고 있는 것
인지, 쓰레기들이 하나씩 없어지고 있었다. 물건이 정리
된 자리에 과자와 꽃, 음식이 차려졌다. 방에 있는 것이
신단이라는 걸 6학년이 된 그때 알았다.

"꼭 무슨 일이 있어야 오냐?"

엄마는 처음 온 손님처럼 타로방을 둘러보았다.

"아직도 여기서 서양식 점이나 치고 있는 거냐?"

말은 안 했지만 엄마가 자신을 얼마나 한심하게 생각
하는지 느껴졌다.

"엄마처럼 신을 모시는 게 아니라고. 귀신이 중얼대는

말하고는 달라."

"정작 눈에 보이는 건 안 보고 안 보이는 카드 뒤에 숨은 거제. 그림 나부랭이나 보면서 거짓투성이 말만 지껄이는 게 아니고 뭐고?"

"타로는 실체에 대한 해석, 자기 생각이라는 게 엄연히 존재해. 엄마처럼 몸을 빌려 혼령의 말을 전달하지는 않아. 평생을 귀신들에게 저당 잡힌 채 사는 거잖아. 난 그렇게는 못 살아. 아니 안 살아!"

한참 말이 없던 엄마가 다시 입을 뗐다.

"니도 신의 목소리가 들리고 신의 모습이 보이잖아. 신이 니를 필요로 한다는 말이제. 신을 니 곁에 두는 것, 그것이 온전한 삶의 길인 기라."

엄마는 다 알고 있었다. 타로점을 볼 때마다 신이 자신을 찾아온다는 것을, 타로 점괘 역시 신이 귀띔해 주는 것이 아니냐고, 그걸 부정하려고 카드 뒤에 숨을 뿐, 결국은 그림이라는 매개로 신의 말을 사람들에게 전달하는 것이라고.

"……."

"그 향 좀 치워라."

엄마가 향냄새에 얼굴을 일그러뜨리며 손을 휘저었다. 향을 피우다, 정신이 번쩍 들었다.

술에 취해 엄마를 때리는 아빠, 두려움에 떨며 오줌을 싸는 아이, 허공에 눈을 둔 채 멍하니 앉아 있는 엄마, 엄마가 불러들인 죽은 영혼들이 구석구석 떠돌아다닐 것만 같았던 집, 여자는 먼지 털듯 그 기억을 연기 속에 태워 버리고 싶었다.

"서양식 잡신으로 점이나 치는 그런 천박한 짓은 때려치우게 해 달라고 꼬박 삼 일을 빌었다."

"그만해, 엄마!"

여자는 버럭 소리를 쳤다. 소리를 치는 자신과는 달리 엄마는 좀체 화를 내지 않았다. 차분하게 여자의 말을 듣고 있었다. 부채방울로 자신의 몸을 후려치던 엄마의 모습이 아니었다.

"신을 모실 인간이 신내림 받지 않는 것, 신에 대한 죄야. 네가 거부만 하지 않았더라도 널 때리는 일도 없었을 거다. 신이 널 보호하셨을 테니. 너를 위해… 매일 산에 가서… 기도하마."

산기도 가면 이틀이고 사흘이고 집에 오지 않는 엄마

가 미웠다. 영험한, 신빨 좋은 무속인이 되고 싶은 엄마의 욕망이거나, 아버지의 폭력에 망가진 몸을 추스르기 위한 것이었다. 그러기 위해 산만큼 좋은 장소는 없었을 것이다. 생각해 보면 엄마 역시, 강력한 운명을 거부하지 못한 것일 뿐이었다. 엄마가 그때만큼 밉지는 않았다. 믿음, 신념, 종교를 떠나 서로의 길이 같지 않음을 이해했다. 운명을 바라보는 시선의 차이였고 다름이었다. 그런데도 그럴수록 한 공간에 함께 있는 게 고통스러웠다. 엄마가 걸어온 길을 받아들이지 않고 자꾸 도망만 가려는 딸을 보며 엄마가 할 수 있는 건 신을 기다리고 기도하는 것밖에 없다고 생각했을 것이다. 모든 게 신의 몫이라고 여긴 걸까, 그 마음을 먹기까지 엄마의 심정은 어땠을까, 무엇이, 어디서부터 잘못된 것일까.

여자는 적당한 말을 찾지 못했다. 엄마가 조용히 자리에서 일어섰다. 엄마가 나간 문을 한참 동안 바라보았다.

타로방 문을 닫았다. 거리는 어둠의 기운으로 가득 찼다. 퇴근을 서두르는 사람들로 버스 정류장은 북적댔다. 여자는 어둠이 뿌려진 거리를 걷고 또 걸었다. 포차들이 즐비해 있는 젊음의 거리가 보였고 술에 취해 비틀대는 청춘들이 보였다. 마치 타로 속 광대 모습을 보는 것 같았다. 광대의 키워드인 흥분, 어리석음, 광란, 무관심, 인간의 모습들이었다. 아니 여자 자신의 모습을 보는 듯했다. 어디를 향해 걸음을 내딛고 있는지조차 몰랐다. 여자의 삶조차 송두리째 휩쓸릴 것 같아 포차들을 빠르게 지나쳤다.

참참한 아침 공기에 어깨가 움츠러들었다. 골목 안으로 들어서자 건너편 타로방 여자가 문을 열어 놓은 채 밖에 나와 있었다. 여자 눈을 물끄러미 쳐다보았다. 수군대는 소리를 듣고 잘도 나왔다는 표정을 짓고 있었다. 여자는 시선을 피한 채 문을 열고 안으로 들어왔다. 타로 골목에서 타로를 친 지 일 년, 주변 타로방 여자들과 이야기를 나누어 본 적이 없었다. 언제부턴가 여자가 점쟁이처럼 사람들의 앞날을 잘 맞춘다는 소문이 나돌았고 사실인지 아닌지 여자의 타로방을 기웃거리는 사람도 있었다. 여자는 개의치 않았다. 자신만의 방법으로 타로를 치면 그만이라고 스스로를 다독였다. 하지만 사람들은 여자가 타로거리를 점집거리로 만들기라도 할까

봐 여자를 달가워하지 않았다. 여자 때문에 젊은 손님들이 오지 않으면 어쩌나 노심초사하는 것 같았다.

점심까지 거르고 타로 공부를 했다. 밖에서 시끄러운 소리가 들렸다. 대여섯 명의 여자들이 우르르 몰려와서는 여자의 타로방 문을 열고 들어왔다. 건너편 타로방 여자들과 힐링 타로방 여자가 함께 있었다.

"무…슨 일이세요?"

"네년이, 내 단골손님을 빼돌렸잖아!"

힐링 타로방 여자가 악에 받친 소리를 내질렀다.

여자의 타로방 앞에서 칭찬을 하던 수면 부족 남자는 언제부턴가 여자의 단골손님이 됐다. 건강 문제로 남자는 자주 힐링 타로방에 찾아갔던 모양이었다. 그런데 그 날 하필 여자에게 타로를 봤고 그 뒤로 힐링 타로방에는 발길을 끊었던 것이다. 매번 똑같은 해석만 한다며 이제부터는 시시한 타로 따위는 보지 않겠다는 거였다. 여자의 해석이 너무 마음에 든다고 했다. 여자는 그 남자 손님이 힐링 타로방 단골이었다는 걸 오늘 알았다. 손님을 빼앗은 아주 못된 점쟁이 년이라고 힐링 타로방 여자가 욕을 하고 다닌다는 것도 그제야 알았다. 여자는 지금이 상황이 당황스러웠다.

"그러게, 내가 이 여자는 이 골목에 어울리지 않는다고 했잖아요? 이러다, 손님 다 뺏긴다고요."

"여기 있어 봤자, 힘들기만 할 텐데, 다른 곳으로 가는 게 맞지."

같이 있던 두 여자가 맞장구를 쳤다. 그때였다. 여자의 머리채를 힐링 타로방 여자가 낚아챘다. 순식간에 벌어진 일이었다. 낚아챈 여자의 손을 뿌리치려고 애를 썼다. 그럴수록 팔에 더 힘이 풀리는 것 같았다. 여자는 머리채를 잡힌 채 밖으로 질질 끌려 나왔다. 골목 안이 떠들썩해졌다. 지나가는 사람들이 걸음을 멈추고 타로집 앞으로 모여들었다.

"아줌마들 미쳤어요? 우르르 몰려와서는 지금 뭐 하시는 겁니까?"

지호가 헐레벌떡 뛰어왔다.

"이건 또 뭐야? 기둥서방인가 보네. 정신 차리고 이제 좀 현실을 직시하라고."

힐링 타로방 여자는 뽑힌 머리카락 한 움큼을 바닥에 버리고는 손을 툭툭 털었다. 남들 시선은 아랑곳하지 않은 채 가 버렸다. 사람들도 하나둘 흩어졌다.

"누나, 괜찮아?"

지호가 여자를 부축해 타로방 안으로 들어왔다.

"저 여자들 말 신경 쓰지 말아요."

지호는 여자를 의자에 앉히며 말했다.

"약 사 올게. 좀 쉬고 있어."

지호는 밖으로 나갔다. 여자는 타로를 공부하면서 뭔가 위태로운 마음을 떨쳐 버릴 수 없었다. 그럴수록 타로에 매달렸다. 엄마처럼 몸을 빌려 혼령의 말을 전달하는 것이 아닌, 실체를 해석한다는 말로 여자 자신을 합리화했다. 자기의 의지로 삶을 개척해 나가는 것, 그림은 그 매개물이었다. 스스로 괜찮다는 생각을 했다. 하지만 그 모든 고민의 흔적이 결국 현실이 됐다. 이 골목을 떠나야 할 때가 온 듯했다. 여기마저도 끝인 건가, 여자는 막다른 골목에 서 있는 것 같았다.

평지인 듯, 평지 같지 않은 고갯길을 올랐다. 여자는 절로 숨이 거칠어졌다. 판잣집은 예전에 살던 그대로였다. 단지 문 앞에 '천상선녀' 간판이 붙어 있는 게 달랐다. 여자는 간판을 올려다보았다. 간판은 금방이라도 바람에 흔들려 떨어질 것처럼 아슬아슬했다. 반쯤 열려 있는 대문을 밀고 집 안으로 들어갔다. 신발을 벗고는 마루에 깔려 있는 방석에 앉았다. 늦은 시각인데도 손님 한 사람이 무릎을 꿇은 채 엄마와 이야기를 나누고 있었다.

"이건 무슨 부적이에요?"

손님은 엄마에게 부적에 대해 물었다.

엄마는 붉은 물감 같은 걸 붓에 묻혀 종이에 뭔가를 그렸다.

"오동자 부적일세. 다섯 동자를 부르는 부적을 그리고 있는 게야. 이 부적은 삼살방은 피하고 복덕방위에 붙이는 게 중요해. 그러니까 살이 긴 방향은 피하고 복이 있는 방향에 붙이라는 말이지."

"그 부적만 붙이면 만사형통할까요?"

"침착하게 기다려 봐."

흥분을 하는 손님을 진정시키는 엄마의 목소리가 들렸다. 여자는 그런 엄마의 모습은 처음이었다. 무당이라고 사람들한테 손가락질당하면서도 말 한마디 못하던 엄마였다. 젊은 사람이 무당이라니, 혀를 차는 사람 앞에서 고개조차 들지 못했다.

아버지는 매일같이 신단에서 시간을 보내는 엄마를 못 견뎌했다. 아버지는 엄마를 때렸고 매를 맞을 때면 엄마는 숨소리 한 번 내지 못할 정도로 쩔쩔맸다. 아버지 앞에서 몇 시간을 빌고 나서야 아버지는 때리는 걸 그만뒀다. 매 맞은 다음 날, 엄마는 무엇에 이끌리기라도 한 듯 금방이라도 쓰러질 것 같은 몸을 일으켜 다시 거울 앞에 앉아 화장을 했다. 깨끗한 무복으로 갈아입고는 신을 부르기 위해 신단으로 갔다. 여자는 때리는 아버지보다 무당인 엄마가, 평범하지 않은 엄마가 더 보기 싫었다. 한마디 말없이 엄마와 아버지를 버리고 집을 나왔다. 여자가 첫 직장을 얻었을 때 아버지가 죽었다. 스무다섯 살이 되던 해였다.

여자는 엄마가 할 수 있는 거라고는 접신하는 것과 맞는 것이 전부라고 생각했다. 공을 들여 부적을 그리고 이해하지 못하는 말을 입에서 술술 뱉어 내는 엄마의 모습은 매를 맞고 쩔쩔매던 예전 엄마의 모습과 너무 달랐다. 변한 엄마의 모습이 여자는 낯설었다.

"천위부 지위모…."

"뭐 하시는 건데요?"

뭐가 그리 궁금한지 손님은 계속 엄마에게 물어 댔다.

여자는 주변을 둘러보았다. 안으로 들어올 때 수돗가 앞에 있던 붉은 고무다라이 생각이 났다. 유난히 여름을 탔던 여자를 위해 엄마는 자주 등목을 해 주었다. 어느 날 엄마가 붉은 고무다라이를 사 왔다. 여름 내내 목욕을 했다. 혼자 스스로 할 나이가 돼서도 엄마는 자신의 손으로 몸을 씻겨 주곤 했다. 나무 잎사귀를 스치는 바람이 좋았고, 엄마의 웃는 얼굴이 좋았다. 좋은 시절도 있었다.

마당만큼 여전히 방은 좁고 허름했다. 마치 여자의 좁은 타로방을 보는 것 같았다. 부적을 그리는 엄마와 덱을 서플하는 여자가 겹쳐졌다.

"거참. 입 좀 닫고 있어."

그런 엄마의 모습에 여자는 시선을 뗄 수가 없었다. 여자는 새벽녘, 엄마를 훔쳐보던 열세 살 그날처럼 못 박힌 듯 자리에 가만히 있었다.

"주문을 외면서 그려야 정성이 하늘에 닿아 신을 만날 수 있지. 그래야 신이 길흉화복을 알려 주실 게 아닌감.

천위부 지위모 인어기간 구이명물 귀신자 무형유적 혼
야회정 운기소정…."

　주문을 외우는 소리가 방 안 가득 울린다. 주문을 외
며 부적을 그리던 엄마가 인기척을 느꼈는지 문 쪽을 쳐
다보았다. 여자는 엄마의 시선과 마주쳤다. 엄마는 여자
를 한참 바라보았다.

　엄마는 아무 일 없었다는 듯 하던 일을 계속했다. 시
간이 얼마나 흘렀을까, 손님이 밖으로 나갔다. 엄마가
신단 앞으로 갔다. 두 손을 합장하고는 절을 했다. 무슨
큰 염원이라도 있는지 간절해 보였다. 서너 번 절을 하
고 일어서려니 했다. 계속 절을 하더니 어느 순간, 일어
나지 않았다. 엎드린 채 꼼짝하지 않고 있었다. 여자는
말없이 밖으로 나왔다.

그룹 헤로인

"다들 연습 그만하고 여기 모여 봐."

우리는 병화 형의 목소리에 놀라 연습을 멈추고 형 앞으로 우르르 몰려갔다. 형은 모니터용 화면을 들여다보고 있었다.

"대체 너희들 나이가 몇이냐?"

멤버들은 어리둥절한 표정으로 서로의 얼굴만 빤히 쳐다보았다.

"사운드는 늙은 데다 거칠고 잡음도 많아. 노인정 공연인 줄 아나 본데 정신 좀 차리라구!"

모니터를 보며 문제점을 찾아내는 형의 모습은 진지했다.

"연습하는 자세도 글러먹었어."

형이 다시 소리를 질렀다.

헤로인은 클럽 내에서 알아주는 밴드였다. 하지만 형의 말처럼 멤버들 연주 태도에는 몇 가지 문제가 있었다. 베이스는 자신의 연주에 심취한 나머지 몸을 너무 흔들고 보컬은 마이크를 들고 이리저리 돌아다니는 통에 주위가 어수선했다. 또 기타는 테크닉이 부족했고 드럼은 연주하는 곡이 마음에 들지 않는다며 자주 불평을 늘어놓는 데다 키보드는 자주 지각을 했다.

우리 밴드는 하드코어한 스키조의 곡이나, 디스토션을 먹인, 파괴적인 사운드를 난사하는 너바나의 곡을 연습하기도 했지만 팀원들의 음악적 성향이나 선호도가 모던 락 쪽에 더 가까웠다. 형은 편곡에다 작곡까지 했고 자신이 만든 곡을 연주하기를 좋아해 우리는 주로 병화 형이 만든 곡으로 프로그램을 채웠다.

그런데 이번 공연은 달랐다. 드럼의 불평도 있고 이번 기회에 다양한 곡을 연주해 보는 것도 괜찮을 것 같아 기존 가수들의 노래로 공연 프로그램을 짰다. 학생과 직장인으로 이루어진 팀이긴 해도 이런저런 사정을 대며

168

연습에 빠지는 사람은 없었다.

형은 장난스런 분위기를 좋아하지 않았다. 밴드 실력에 따라 세 가지 부류로 나뉘어져. 돈을 받고 공연을 하느냐, 돈을 안 받고 공연을 하느냐, 돈을 내고 공연을 하느냐 딱 이 세 가지. 어느 쪽을 선택하든 너희들 마음이야. 하지만 돈 내고 공연하는 꼴은 당하지 말자. 형은 상품성을 따지기 이전에 음악하는 사람의 태도에 대해 늘 말했다. 잠깐 쉬는 시간에도 곡을 만들고 기타를 치는 형은 우리에게 프로 정신이 없다고 지청구를 했다.

"준이 넌 연습은 하고 있는 거야?"

형의 눈빛이 나를 겨눈다.

"그게…."

형이 짧은 한숨을 내쉰다. 그 순간 가인이가 연습실 문을 열고 들어왔다. 그녀는 나를 한 번 흘끗 보고는 형 쪽으로 걸어갔다.

"니 애인 말이야. 가사도 제법 쓰고 기타도 열심히 치는 것 같아 뽑았더니 요즘 통 연습을 안 해. 그렇게 게을러서야 원. 가인이가 더 부지런하네."

형이 그녀의 어깨를 토닥거렸다. 그녀의 얼굴이 금세

붉어졌다.

"연습실 오는 게 재미있어요."

부끄러운 듯 그녀가 붉어진 얼굴을 두 손으로 감싸며 대답했다.

"그래? 다행이네. 재능이 있으니까 뭐든 열심히 배워 봐. 준이가 가인이 반만큼만 하면 좋을 텐데."

형은 그녀를 두둔했다. 그것도 내가 있는 앞에서. 그런 형의 태도에 나는 당황했다. 늘 형이 나만 칭찬한다며 투덜대던 멤버들도 웬일이냐는 표정으로 나를 쳐다봤다.

가인이를 만난 건 스탠딩 공연장에서였다. 사람이 가득 찬 사오십 평 되는 공간에 유독 그녀만이 내 눈에 띄었다. 그녀는 남들처럼 티켓으로 맥주를 교환해 마시지도 않았고 노래를 따라 부르거나 춤도 추지 않았다. 기타를 치고 있는 나만 바라보고 있었다. 나는 그녀를 보려고 일부러 자리를 움직였다. 그 탓에 박자를 놓쳤다. 형이 눈치를 줬고 기타를 치던 녀석이 나 대신 빈틈을 메웠다. 보컬이 분위기를 살리려고 춤추고 노래하는 모습을 보고 덩달아 분위기를 맞췄다. 나는 혼자 웃었고 혼자 심각했다. 내 모습이 웃지 않는 공주를 웃기려는 어릿광대 같았다. 공연이 끝나자 앵콜곡 제목조차 생각나지 않았다. 그녀는 매번 우리 뒤풀이에 따라왔다. 그녀는 내 옆에 앉아 멤버들이 주는 술을 받아 마셨다. 홍조를 띤 그녀 얼굴이 보기 좋았다.

"김준 맞지? 난, 가인이야. 선가인. 앞으로 우리 잘 지내."

그녀가 대뜸 악수를 하자며 손을 내밀었다. 얼떨결에 나는 그녀의 손을 잡았다.

"내 이름은 어떻게 안 거야?"

"공연장에서 몇 번 너를 봤어. 흠, 아버지는 항공업에 종사하는 데다 기타도 좀 치고 얼굴도 꽤 괜찮고, 그만하면 나쁘지 않아."

여자들 대부분은 형의 팬이었다. 형을 보려고 공연에 오는 거나 마찬가지였고 클럽 내에서도 형의 인기는 대단했다. 그런데 그녀는 형의 팬이 아닌, 나의 팬이었다. 게다가 나에 대해 아는 것도 많았다. 나는 그 사실이 믿기지 않았다. 아니 신기했다. 그녀가 내게 관심을 보이는 행동이 그다지 싫지 않았다. 그녀에게는 사람을 끌어당기는 매력이 있었고 솔직한 데다 얼굴도 그만하면 괜찮았다. 나는 술 냄새가 풍기는 입을 그녀의 귀에 갖다 대고 속삭였다. 술 탓인지 저절로 용기가 생겼다.

"우리 애인 할래?"

내가 묻자 그녀는 놀라는 기색도 없이 고개를 끄덕였다. 그녀는 내 연주를 보기 위해 자주 연습실을 찾아왔다. 그러나 요즘 들어 그녀는 나보다 형과 지내는 시간이 더 많았다.

"재미있는 이야기 하나 해 줄까?"

형의 말에 멤버들 모두 귀가 솔깃했다. 긴 머리를 하나로 묶고 무르팍이 찢어진 청바지에 붉은 가죽 재킷을 입은 형은 차림새로 보면 영락없는 록커다. 그런데다 못 다루는 악기가 없는 걸 보면 그야말로 정말 멋진 뮤지션이다. 그러나 이상하게도 말하는 태도나 성격으로 보면 철학도처럼 폼 나 보이기도 했고 건달마냥 거칠어 보이기도 했다. 어떤 게 진짜 형의 모습인지 헷갈렸다.

"매닉스트리트 프리처스의 기타리스트 리치 알지?"

나에게 물어본 것도 아닌데 나도 모르게 고개를 끄덕였다.

"그는 30만 원짜리 팬더 하나를 친구에게 받았어. 허접하기는 이루 말 할 수 없고 너트 부분이 엿가락 휘듯 휘어 있고, 이펙터 없이 톤 잡기도 어려웠지. 그렇지만 그는 기타 볼륨이며 기타 톤, 앰프 볼륨, 앰프 톤, 게인까지 소리를 최대한 올려 팬더라고는 상상도 못할 무시무시한 소리를 만들었고, 블루스 머신 팬더를 하드락의 명기로 변신시켰어."

"그의 기타 솜씨를 형편없다고 말하는 사람도 있어요."

베이스였다.

"물론, 기타 실력은 형편없었어. 하지만 그는 이상주의자였지. 재능이 있고 테크닉도 있다면 좋겠지만 더 중요한 건 자신만의 느낌을 살려 곡을 연주하는 것, 그리고 음악과 악기에 대한 애정이 얼마나 깊은가 하는 문제야. 기타에 대한 그의 애정만큼은 대단하다고 생각한다."

이상주의자라? 나는 형이 들려주는 이야기를 들으며 형이야말로 천재적 재능을 가진 이상주의자일지 모른다는 생각을 했다.

"하지만 리치는 미국 홍보를 떠나기 하루 전 여권과 옷, 노래 가사가 쓰인 종이만 남겨 둔 채 바람처럼 사라져 버렸어. Everything Must Go. 나는 Must보다 Should라고 생각해. 모든 것은 떠나는 법이니까. 영원한 건 없어."

형의 말은 나나 멤버들을 미궁 속으로 빠뜨렸다. Must와 Should의 사전적 차이는 그렇다 치고 왜 이런 이야기를 하는 건지, 뭔가 깊은 의미가 있을 것 같은데 형의 의도를 알 수가 없었다. 그러나 그녀는 형의 말이 이해가 간다는 듯 고개를 여러 번 주억거렸다.

형은 무슨 생각을 하는지 한참 말이 없었다. 그러고는 모니터로 다시 시선을 옮겼다. 그녀의 시선도 형을 따라 모니터로 향했다.

"합주에서 중요한 건 서로 간의 튜닝이야. 난 너희들이 음악에 애정을 가졌으면 좋겠다. 공연도 얼마 남지 않았어. 잘 맞춰 제대로 연습해."

형의 말이 끝나기 무섭게 각자 자리로 돌아갔다. 나는 기타를 어깨에 멨다. 공연할 때를 대비해 연습을 해서 그런지 서서 기타를 치는 게 더 편했다. 여전히 그녀와 함께 있는 형의 모습이 보였다. 기타에 신경을 써야 할 판에 형에게 자꾸 신경이 쓰였다.

"담배 한 대 피고 오마."

형이 의자에서 일어나더니 연습실 문을 닫고 나가 버렸다. 그녀도 형의 뒤를 따라 밖으로 나가려는지 의자에서 일어섰다.

"어디 가는 거야?"

"잠깐 밖에….'

나는 기타를 치다 말고 야, 가인아! 하고 소리를 쳤다.

"하여간 이상한 인간이야. 저 형은 음악 잘한다고 너무 재서 탈이야. 아주 고상한 척은 혼자 다 해요. 준이, 너 그때 명환이가 음정 틀렸다고 형한테 뺨 맞는 거 못 봤지? 이펙터도 집어던지고 난리도 아니었다. 그러니 사이코라는 소릴 듣는 거야. 가인이가 형 따라 나가는 것 봐라. 병화 형 조심해."

이번에도 베이스였다. 녀석은 날카로운 눈빛으로 형이 나간 쪽을 잠시 쳐다보고는 콧방귀를 뀌었다.

"형이 전에 밴드를 했을 때도 신참 하나와 삼각관계가 된 적이 있었어. 오래가지 못하고 깨졌지만. 아마 여자가 찼다지…. 그 일로 한동안 모습이 보이지 않다가 연애 사건이 잠잠해지자 다시 밴드를 결성했어. 조심해서 나쁠 게 뭐 있냐?"

태클쟁이 드럼마저도 우리 셋의 관계에 대해 말했다.

"소문이라는 거 다 믿을 게 못 된다는 거 알지? 그리고 설마, 형이 나한테 그러기야 하겠냐?"

나는 대충 얼버무렸다. 말은 그렇게 했지만 나는 유달리 형에 관한 소문이 많다는 사실에 놀랐다. 그것도 대부분이 안 좋은 소문이었다. 그러나 정작 당사자인 형은 개의치 않는 것 같았다. 형이 연습 도중 이펙터를 집어던지거나 성질을 부릴 때는 다들 미쳤다고 말했고 그 이유가 심한 우울증을 앓고 있기 때문이라고들 했다. 또 완벽한 연주 실력에도 불구하고 대학 가요제에서 떨어진 좌절감으로 헤로인을 복용해 밴드 이름도 헤로인으로 붙였다는 오해도 받았다. 연주할 때보다 쉬는 시간이 더 많은 우리와 달리 형은 틈이 날 때마다 가사를 붙이고 곡을 만들었다. 그러고는 관심 없어 하는 멤버들을 끌어다가 형이 만든 곡을 연주하게 했다. 멤버들과 나는 형의 행동을 이해하기가 어려웠다.

언젠가 연습실에 와 보니 혼자 연습을 한 건지 아니면 밤새 술을 퍼 마신 건지 형이 바닥에 고꾸라져 잠을 자고 있었고 주위에는 소주병이 나뒹굴었다. 술을 마시고 미친 듯 기타를 치던 리치가 살아 돌아온 것 같은 모습이었다.

형은 여자 문제로 입에 오르내리지 않는 날이 없었다. 연습실에는 여자와 관련된 소문이 많았다. 공연이 끝나면 종종 찾아오는 여자 팬들이 있는데 여자들 중 한 명과 밴드의 누군가가 사랑에 빠져 커플이 되었다는 얘기나, 아니면 멤버 때문에 팬들끼리 서로 죽일 만큼 미워하는 사이가 되기도 한다는 얘기까지 있었다. 알고 보면 대부분 소문의 주인공은 형이었고 형이 잠적을 하는 것도 다 여자 문제라고 했다. 그런데 그 얘기가 사실이란 걸 증명이라도 하듯 그녀가 매일같이 연습실을 찾아왔다. 그러니 녀석들도 나에게 충고를 한답시고 그따위 말들을 하는 거였다. 행여 녀석들은 밴드가 해체라도 되지 않을까 노심초사했다. 녀석들이 무슨 말을 하든 형은 나의 우상이었다. 이 음악 귀신을 만난 건 내게 행운이었고 함께 밴드까지 하게 된 건 더더욱 행운이었다.

행운이라면 대학에 들어가게 된 것도 그랬을 것이다. 나는 아버지의 좋은 머리를 물려받지 못했다. 내가 선택한 과도 그렇게 전망이 있는 과가 아니었고 특별히 학교생활에 재미를 느끼지도 못했다. 가사를 쓰고 기타로 노래 부르는 게 유일한 취미이자 소일거리였다. 아버지는 나를 볼 때마다 기타에 미친 놈이라고 훈계를 늘어놓았다. 친구 녀석이 기분 전환하는 셈치고 클럽 잼에서 하는 헤로인 공연을 보러 가자고 했다. 보컬을 맡은 여자는 가창력이 뛰어났고 드러머는 퍼커션을 두드리는 힘이 있었다. 나는 유독 일렉트릭 기타를 치는 왜소한 남자에게 눈길이 갔다. 코드를 잡은 손이 마술을 부리는 것처럼 자유자재로 움직였고 그 음색은 환상적이었다. 소리는 크고 깊이가 있었으며 애드리브는 정말 기가 막혔다. 테크닉에 절대음감까지 타고난 사람 같았다. 여자나 남자나 그의 기타 소리에 열광했다. 한 번 들으면 잊히지 않을 것 같은 뛰어난 솜씨였다. 나는 단번에 그에게 반해 버렸다.

얼마 지나지 않아 헤로인에서 멤버를 구한다는 포스터가 붙었다. 망설임 없이 오디션을 보러 갔다. 나는 스트로크 연습을 할 때 듣던 커트 코베인의 〈젊은 영혼의 향기〉와 아르페지오 연습을 할 때 듣던 〈이등병의 편지〉, 두 곡을 연주했다. 연주가 끝나자 온몸이 땀으로 젖었다.

"기타를 모르는 사람이 들을 때는 기타 소리가 다 똑같이 들릴 수 있어요. 하지만 우리 같은 사람은 대번 알죠. 똑같은 기타를 치더라도 소리가 얼마나 깊고 또렷한지를 말이죠. 우선 다른 사람의 곡을 듣고 최대한 똑같이 소리 낼 수 있도록 연습해 봐요. 같이 연주하게 돼서 반갑군요."

그가 내 손을 꼭 쥐며 환하게 웃었다. 마치 기타를 처음 장만하던 그때처럼 대단한 일을 해낸 것 같아 뿌듯했다. 나는 무대에서 기타를 칠 생각에 마음이 부풀었다. 기타에 대한 내 열정을 인정해 준 형과 나는 금방 친해졌다. 술자리에서 형은 내게 음악 얘기를 자주 했다.

"연습 그만하고 다들 술이나 한잔하자."

형과 그녀가 연습실 문을 열고 들어왔다. 형이 그녀의 어깨를 가볍게 안고 있었고 둘은 다정한 연인처럼 보였다. 연습실을 대충 정리했다. 나는 약속이 있어 안 되겠

다며, 한잔씩 하기로 한 형과 멤버들을 남겨 둔 채 그녀
와 함께 연습실을 나왔다. 형의 얼굴이 풀이 죽어 있었
다. 그녀도 나를 따라나서는 게 썩 내키지 않는 것 같았
다. 내 손에 이끌려 걸으면서도 아쉬운 듯 계속 연습실
쪽을 돌아보았다.

H대 근처에는 셀 수 없을 정도로 많은 클럽과 연습실
이 몰려 있다. 근처 번화가가 S거리까지 이어져 있는 탓
에 이곳은 만남의 장소로 활용됐다. 고깃집, 술집, 카페
로 인해 거리는 늘 소란하고 지저분했다. 거리에 나처럼
기타나 악기를 등에 걸치고 있는 사람도 많았고 외국인
도 다른 동네에 비해 많았다. 열두 시가 넘어서도 사람
과 거리는 모두 취해 있고, 어김없이 술 취한 사람을 상
대로 하는 술집 삐끼도 있었다. 그녀와 나는 앞서거니
뒤서거니 골목길로 들어섰다. 골목길을 쭉 걷다 모퉁이
를 꺾으면 그녀와 내가 가끔 가던 모텔이 있었다. 모텔
이 좋은 건 그녀의 옷을 벗긴 뒤 후다닥 급하게 그녀 몸
에 들어가지 않아도 된다는 것과 식구들과 마주칠까 봐
불안해하지 않아도 된다는 거였다. 그녀의 손을 끌고 나
왔지만 모텔 쪽으로 발길이 가지 않았다. 그녀와 나는

골목길을 빠져나와 큰길 방향으로 걸었다. 나는 걷는 내내 형을 조심하라고 한 멤버들의 말을 떠올렸다. 녀석들은 내게 왜 그런 말을 했던 거지? 뭘 어떻게 조심해야 하는 걸까? 그녀를 연습실에 오지 못하게 해야 하나? 그녀에 대한 형의 태도는 뭐지? 머릿속이 복잡했다. 조심하라는 말이 하루의 명언처럼 뇌리에 박힌다. 그녀가 보조를 맞추며 내 쪽으로 다가왔다. 그녀의 얼굴이 뒤따라오는 달만큼이나 환했다.

"리치가 사라졌다니, 충격인데?"

생각지 않게 내 입에서 엉뚱한 말이 튀어나왔다.

"병화 형이 말한 기타리스트?"

"응. 고독한 지식인이지…."

"고독한 지식인? 꼭 형을 말하는 것 같네. 그래도 죽은 건 아니잖아. 사라진 것뿐이니까. 너는 사라지고 싶다는 생각, 해 본 적 없어?"

"진짜 나를 찾고 싶다는 생각이 들 때. 이 지구에 살고 있는 나는 온전한 내가 아니거든."

"그럼 너는 가짜라는 거네?"

"스물두 살의 변변치 못한 녀석이라는 뜻이야. 난 말

이지, 형처럼 기타를 잘 치는 사람이 되고 싶어. 너는 어때?"

"나? 형의 음악을 듣고 있으면 사라지고 싶다는 생각이 간절해져. 정말 형은 천재야."

먼 허공을 응시하는 그녀의 눈에 형에 대한 경외심이 담겨져 있는 듯 했다.

"근데 너희 멤버들, 병화 형의 마음을 너무 모르는 거 아니니? 형, 뒷모습이 참 쓸쓸해 보이더라."

허공을 응시하던 눈길이 내 눈동자 안으로 깊숙이 들어왔다.

"멤버들 나름대로 최선을 다하고 있어."

"멤버들을 위해 넓은 연습실을 찾아 계약하고 악기 청소도 하고 실력도 대단하잖아. 형 같은 사람 쉽지 않아."

"허드렛일로 늘 그렇게 시간을 소비하지. 대학 가요제나 강변 가요제 출신의 후배들과 어울려 유행하는 노래나 부르고 늘 술독에 빠져 있고. 물론 연습이 있는 날은 어김없이 빠지지 않고 나오긴 하지만. 완벽주의자, 이상주의자, 괴짜? 다 좋다구. 형은 물방울처럼 펑 터질 것같이 아슬아슬한 인간이야."

"그러니까 병화 형을 잘 모른다는 얘기야."

그러는 너는 병화 형에 대해 얼마나 알고 있는데? 형이 두려워하는 게 뭔지 너는 알고 있다는 말이야? 그녀가 형에 대해 많은 걸 알고 있다는 생각이 들자 괜스레 화가 치밀었다. 하마터면 큰 소리로 그녀에게 따질 뻔했다. 그녀를 집에 데려다줄 때까지 그녀와 나는 한마디도 나누지 않았다.

기타와 종이, 악보, 펜을 들고 거실로 나왔다. 종이에 음표를 옮기고 기타로 코드를 맞췄다. 가사를 붙이는 데도 형의 일 때문인지 집중이 되지 않았다. 그녀는 형을 잘 따랐다. 형의 말이라면 전적으로 믿었고 내가 형을 우상으로 생각하는 것만큼은 아니더라도 그녀도 형을 특별한 존재로 여기는 듯했다. 내 기타 실력보다 형의 기타 실력에 반했을 테고 형 또한 연습실을 찾아오는 그녀와 붙어 다니다 보니 내가 그랬던 것처럼 그녀와 함께 있고 싶다는 생각을 할 수 있다. 나는 형에 대한 소문을 전적으로 믿는 것도, 그렇다고 전혀 안 믿는 것도 아니었다. 그리고 누구나 한 인간을 절대적으로 믿는 사람은 없다. 나는 형의 마음속 몇 퍼센트의 순수성을 믿고 있었다. 하지만 형이 그녀를 두둔하는 태도가 거슬렸다. 나는 되레 그녀에게 화를 냈고 형에 대해 쓸데없는 말을 지껄였다. 내 자신이 아이처럼 질투나 하는 한심한 인간이 돼 버린 것 같았다. 카피한 악보를 뒤적거려 그중 하나를 앞에 놓았다. 넬의 〈낙엽의 비〉다. 가사나 음도 지독하게 우울하다. 그래서 내가 더 좋아하는 곡이었고 오늘 같은 날 잘 어울리는 노래였다. 왠지 오늘은 정말 너무하네요. 오늘만큼은 참을 수가 없어요. 나도 이러긴 싫죠. 행복하고 싶고, 그러고 싶지만, 남은 건 그저 지독한 쓸쓸함뿐인걸요. 기타를 치며 노래를 불렀다. 무거운 기분이 마음을 짓눌렀다.

거실에 엎드린 채 잠이 들었던 모양이다. 악보 더미 속에서 고개를 들어 벽에 붙어 있는 시계를 흘끗 쳐다보았다. 제기랄. 연습 시간이 지나 버렸다. 병화 형은 연습 시간이나 약속 시간에 늦는 걸 끔찍이도 싫어한다. 병화 형과 그녀, 그리고 멤버들이 나를 기다리고 있을 것이다.

화장실 문을 열고 세면대 위에 걸려 있는 거울에 내 모습을 비춰 보았다. 가는 턱, 남자 얼굴치고는 여자처럼 선이 곱다. 아버지에게 물려받은 유일한 거였다. 아버지처럼 좋은 머리를 물려받았으면 좋았을 텐데 그렇지 못한 게 아쉽다. 여자처럼 가는 턱은 내 핸디캡이었다. 그나마 짙은 눈썹과 곧게 뻗은 코, 큰 입이 단점을 가려 주었다. 머리는 까치집같이 삐죽삐죽하고 턱 아래 수염이 듬성듬성 자라 있다. 공연 연습하느라 꼴이 말이 아니었다. 나는 머리 밑으로 손을 넣어 솟아오른 머리카락을 몇 차례 꾹 눌렀다. 기타와 악보를 챙겨 들고 숨을 헐떡이며 연습실로 갔다. 왜 이렇게 늦었냐며 한 소리 들을 줄 알았는데 형의 표정이 괜찮다. 저녁밥도 먹는 둥 마는 둥 연습에 몰입했다. 우리 밴드는 〈무비스타〉, 가요 〈거짓말 같은〉과 영화 음악 등 열두 개의 곡과 앵콜곡 두 곡까지 모두 열네 개의 곡을 하기로 결정했다. 병화 형은 연습 도중 줄곧 음정이나 박자 틀린 사람을 귀신같이 찾아냈다. 그러나 예전만큼 분위기는 험악하지 않았다. 틀린 부분을 서로 지적해 주고 즐겁게 연습했다. 서로 간의 피치를 맞추는 데 신경을 썼고 사운드도 많이 컨트롤되었다.

잠시 쉬는 시간, 나는 자판기 커피 한잔을 뽑아 마셨다. 한참 커피를 마시고 있는데 다른 연습실 사람들이 나를 흘끔흘끔 쳐다보며 지나갔다. 그들은 내 귀에 들리지 않게 작은 목소리로 무슨 말인가 중얼거렸고 킥킥거리며 웃기도 했다. 얼굴이 화끈거렸다. 목구멍까지 차오르는 욕지거리를 커피와 함께 깊숙이 삼켜 버렸다. 손안에 든 종이컵을 구기는 걸로 분풀이를 대신했다. 밴드는 별 문제가 없었지만 가인이가 연습실에 매일 같이 찾아온다는 사실 때문에 나는 요즘, 계속 신경이 쓰였다. 그녀의 얼굴을 모르는 사람이 없었고 그녀와 나, 그리고 형의 관계에 대해 이상한 소문까지 떠돌았다. 여전히 형은 아무렇지 않았다. 그녀의 머릿결을 쓰다듬거나, 예민한 부위를 만지는 스킨십 정도는 가볍게 했고 재미있어 했다. 음악을 할 때와는 전혀 다른 모습이었다. 진지함은 어디론가 증발된 듯 했다. 그녀 역시 형의 손장난에 싫은 내색을 하지 않았다. 형과 그녀의 사이가 부쩍 가까워진 걸 보며 녀석들이 나에게 왜 그런 말을 했는지 그 이유를 조금은 알 것도 같았다. 볼품없이 구겨진 종이컵을 휴지통에 넣고 구겨진 기분으로 연습실로 들어왔다.

"공연이 코앞이다. 다들 술 마시지 말고 집에 가서 푹 쉬어."

　멤버들이 하나둘 악기를 정리했다. 형은 악기를 닦고 있었고 나는 형 주위를 어슬렁거렸다. 형과 나, 단둘이 남아 있었다.

　"가인이가 보이지 않네?"

　"몸이 안 좋아서 오늘은 연습실에 못 온다고 하던데. 어제 가인이 하고 무슨 일 있었냐?"

　"그런 거 없어. 근데, 우리 셋에 관한 소문 말이야, 형은 신경이 안 쓰여?"

　"소문? 그깟 것 신경 쓰지 마라. 말 그대로 소문이잖아. 그리고 가인이 말인데 괜찮은 아이더라. 노래도 썩 잘 부르고 우리 밴드 보컬을 해도 될 정도야. 음악적 성향도 나랑 비슷하고."

　형이 씩 웃으며 그녀를 칭찬했다. 음악적 성향? 왠지 형의 그 말이 나에게는 성적 취향이 비슷하다는 말처럼 들렸다. 기타 헤드를 잡고 있는 형의 손이 너트 쪽으로 옮겨졌다. 형의 왼쪽 손가락에 티눈 서너 개가 박혀 있는 게 보였다. 크기가 굵고 흉측했다. 여태껏 한 번도 본 적이 없는 흉터였다. 나는 잠시 몸이 오싹해지는 기분이

들었다. 요즘은 기타 품질이 좋아져 흉터 같은 건 잘 생기지 않는 편이었다. 형의 군은살을 보자 형에 대한 안 좋은 소문 하나가 기억났다. 형의 아버지는 공장에 쌓여 있는, 통과 목이 짝이 안 맞고 아무 상표나 갖다 붙인 기타를 봉고차에 싣고 전국 악기점을 돌며 파는 소위 나까마였고 기타 제조업이 호황이던 시절 아버지 덕에 암에 걸린 누나가 비타민 주사를 맞아 호전됐다는 말도 있었다. 뭔가 골똘히 생각하고 있는 찰나 형의 목소리가 들렸다.

"뒷정리는 내가 하고 갈 테니 너도 집에 가서 쉬어라. 기타 연습 열심히 하구."

"어? 알…았어."

나는 엉겁결에 대답을 했다.

"언제 홈리코딩 한 거 한번 가져와 봐. 내가 손봐 줄 테니까."

"그걸 어떻게…, 그것도 가인이가 말해 준 거야?"

형은 대답 대신 또 한 번 씩 하고 웃었다.

나는 지하철 5번 입구 쪽 계단을 내려갔다. 형의 웃음이 마음에 들지 않을 뿐 아니라 의문점들이 한두 가지가 아니었다. 개찰구를 들어서려다 주머니 안에 손을 넣었다. 핸드폰에 저장된 그녀의 번호를 꾹 눌렀다. 몇 번 반복해서 전화를 걸어도 받지 않았다. 가슴이 심하게 쿵쾅댔다. 이상하게 마음이 찝찝했다. 나는 다시 계단을 올라갔다. 기타 케이스를 어깨에 단단히 둘러멘 채 달리고 또 달렸다.

나는 연습실 간판을 마주보고 섰다. 그러고는 숨을 크게 몰아쉬고 연습실로 들어갔다. 복도 제일 끝 쪽에 있는 연습실 코너를 돌자 문이 반 쯤 열린 채 불빛이 새어 나왔다. 나는 문을 조심스레 열었다. 생동감 있게 움직이는 커다란 두 물체가 눈에 띄었다. 아주 강한 에너지를 지닌 큰 원처럼 보였다. 형과 그녀의 나체가 서로 엉켜 있었다. 원에서 뿜겨져 나오는 굴절된 빛이 내 눈을 찔렀다. 나는 잠시 눈을 감았다 다시 떴다. 그녀의 아담한 가슴과 긴 머릿결, 활처럼 휘어진 허리, 하얀 엉덩이가 형의 배 위에서 리듬을 타고 있었다. 강렬하고 아름다운 움직임이었다. 숨을 불어넣어 하나의 음악을 탄생시키는 작업, 형과 그녀는 바로 그 작업을 하고 있었다. 거친 남녀의 숨소리가 공기를 뚫었다. 그녀는 누워 있는 형의 배에 키스를 했다. 그건 그녀와 섹스를 할 때 내가 그녀에게 하는 버릇이었다. 형의 몸이 내 몸인 것마냥, 그녀가 내 배를 핥고 있는 것처럼 느껴졌다. 커다란 손이 그녀의 어깨를 아이 달래듯 어루만지더니 그녀의 어깨를 아래로 끌어내렸다. 그러자 그들은 다시 하나의 원이 됐다. 나는 우두커니 서 있었다.

눈물은 물론 턱조차 떨리지 않았다. 몸도 마음도 평소와 다르지 않다. 이상할 정도로 담담했다. 대체 이런 기분은 뭘까? 나는 연습실을 나와 지하철 쪽으로 천천히 걸음을 옮겼다. 거리에 사람들 발길이 뜸했다. 한 차례 퍼부을 모양인지 날씨가 찌뿌드드했다.

"클럽에서 돈 받고 공연도 하고 형만 한 실력이면 TV에 출연해 성공할 수도 있을 텐데 왜 재능을 썩히는 거야?"

연습이 끝나자 내가 형에게 먼저 술을 먹자고 제안했고 형도 오랜만에 단둘이 술이나 하자며 반가워했다. 나는 늘 궁금해하던 걸 물어보았다.

"유명해지는 게 싫어."

"유명해지는 게 왜 싫은데? 돈도 많이 벌 텐데."

"돈, 사랑, 유명세, 그딴 건 언젠가 사라지고 말지. 자의든, 타의든."

나는 형이 한 말을 되씹었다. 이해가 안 간다는 듯 나는 어깨를 으쓱거렸다.

"유명해져 돈도 벌고 자신의 음반까지 낼 수 있는 기회는 쉽게 오는 게 아니야. 그 기회를 잡으려고 하는 이들이 얼마나 많은데. 나를 봐도 그렇잖아. 그 기회를 포기하려는 형의 태도가 나로서는 납득이 가지 않아."

형은 묵묵히 술잔만 비웠다. 화장실을 다녀온 사이에도 형은 꼼짝 않고 그 자리에 앉아 있었다. 지루할 만큼 긴 침묵이 흘렀다. 문득, 나는 가인이와의 일에 대해 물어볼까 하는 생각이 들었다. 하지만 그만두기로 했다. 형과 나 사이에 굳이 거리감을 만들고 싶지 않았다. 그건 마치 기타의 생 톤만 나오다 갑자기 디스토션을 건드림이나 베이스 소리가 나오는, 불협화음 같은 거였다. 나도 아무려면 어때라는 심정으로 술을 퍼 마셨다. 우리는 술에 취해 기타를 둘러메고 H대 근처를 배회했다.

"세상이 잘 익은 홍시 같다."

"홍시?"

"겉은 윤이 나고 달콤해 보이지만 먹어 보면 쓴맛이 느껴지거든. 내 인생도 쓰고 술도 쓰다."

"그러니까, 형 말은 겉은 번지르르하게 보이나 텁텁한 게 세상이다 이 말이지?"

"말도, 참 예술적으로 한다. 이렇게 똑똑한 녀석이 F학점을 받는 이유를 알 수가 없어."

형은 술집에서와는 다르게 아주 유쾌한 듯 킬킬대며 웃었다.

"기타 치는 것만큼 공부에도 열정을 가져 봐라."

"우리 부모님 같군."

"짜식, 니가 내 동생 같아 하는 말이다."

형이 내 어깨를 가볍게 툭 쳤다. 나는 형이 내 진짜 형 같다는 말을 차마 하지 못했다. 농담이라며 또 킬킬댈 것 같았다.

"프로젝트를 하나 구상하고 있어."

"프로젝트?"

"이번 공연이 끝나면 바로 시작할 계획이다. 어때? 생각 있으면 같이하자."

"그야, 뭐, 형이 하자면."

"당분간 내 지하방으로 옮기는 건 어떨까?"

"글쎄, 그건 생각해 봐야겠는데…."

"마음 정하면 언제든 연락해."

나는 대답 대신 고개를 끄덕였다. 형과 나는 사람들의 물결 속에 난파된 조각들처럼 떠다녔다. 새벽녘이 돼서야 택시를 잡아타고 형의 집으로 갔다. 형의 방에는 웬만한 기타 가게를 방불케 할 만큼 악기가 많았다. 콜트, 스윙, 데임에서부터 50~200만 원대의 아이바네즈와 팬더, 200만 원 이상의 깁슨으로 보이는 여러 브랜드의 기타가 즐비했고 한쪽 벽 옆에는 유명 밴드의 사진과 함께 밴드, 클럽, 합주실, 공연 정보들이 일목요연하게 정리된 보드판도 달려 있었다.

나는 형 옆에 나란히 누웠다. 잠이 든 형의 얼굴을 물끄러미 바라봤다. 나는 형이 점점 더 좋아졌다. 동시에 부럽기도 했다. 스물두 살, 기타를 배워 보겠다는 꿈을 가진 나에게 여전히 병화 형은 리치나 커트 코베인, 건즈 앤 로지스 같은 실력 있는 뮤지션과 다름없었다.

총 리허설이 끝났다. 악기 손질을 마지막으로 멤버들과 일찍 헤어졌다. 나는 편의점에 들러 새우탕 하나를 골라 계산을 했다. 면이 익을 동안 잠시 기다렸다. 삼 분, 삼 분이면 충분하다. 면이 익는 것도, 사랑이 식는 것도. 어쩌면 이 삼 분 안에 내가 당연하다고 생각하는 것, 친숙하다고 생각하고 있는 가치들까지 몽땅 없어질 수도 있을 것이다. 국물까지 후루룩 다 마시고 나니 담배 생각이 났다. 담배를 피우고 나면 잠이 오겠지. 나는 말보로 한 개비를 입에 물고 느린 걸음으로 집에 돌아왔다.

방에 들어오자 책상 위에는 문학교양 강좌 리포트와 시험에 봐야 할 책들이 산더미같이 쌓여 있다. 나는 문학교양 리포트나 시험 따윈 관심이 없었다. 작품이나 작가에 대한 소감을 쓰기 위해 밤새 A4용지의 분량을 늘리는 일이 내겐 고역이었다. 기타를 한쪽 구석에 세워 놓고 의자에 앉았다. 책상 서랍을 열고 꽃무늬 상자 안에 있는 CD 하나를 꺼냈다. 그녀에게 주기 위해 친구 녀석의 컴퓨터로 홈리코딩 한 곡이 들어 있는 CD였다. 큐베이스를 이용해 느낌에 맞게 멜로디를 붙였고 드럼 박자와 베이스, 키보드 등 다른 파트의 소리를 추가해 살을 붙였다. 기타 소리는 내가 직접 연주해서 녹음한 것이다. 공연장에서 그녀와 눈이 마주쳤을 때 내 심장의 파동 소리가 열아홉의 소년처럼 마구 뛰던 느낌을 표현했다. 제목도 나인틴으로 붙였다. 그러나 중간에 들어간 기타 소리가 너무 큰 것 같았고 코드 진행이 너무 식상했다. 무엇보다 밝게 표현하려고 했는데 어딘지 모르게 어두운 느낌이 들었다. 그녀는 언제쯤 음악을 들을 수 있냐며 좋아했지만 아직까지 CD를 그녀에게 전해 주지 못했다. 나는 CD를 넣은 뒤 상자째 휴지통에 던져 버렸다.

　나는 옷장에서 여행용 가방을 찾았다. 길게 생각할 것 없이 형의 집으로 가기로 결정을 내렸다. 티셔츠 몇 장과 청바지, 그 밖에 필요한 것들을 챙겨 간단하게 짐을 꾸리는데 책 더미 위에 올려놓은 핸드폰이 가볍게 한 번 몸을 떨었다. 내가 만든 CD를 받고 싶다는 그녀의 문자였다. 삭제 버튼을 눌렀다. 그녀에게서 온 문자가 내 눈앞에서 사라졌다. 나는 하던 일을 계속했다.

우리 동네 현보

운동 갈 준비를 했다. 사람들이 잠든 새벽, 운동을 한다. 날이 밝으면 사람들과 마주친다. 살 빼는 걸 남이 아는 게 싫다. 이러쿵저러쿵 설명해야 하는 것만큼 귀찮은 일도 없다. 외모에 신경 쓰는 일 따위 관심 밖인 척했다. 왜 다들 예뻐지려고 야단들인지 모르겠다. 그렇지만 뭐 예뻐서 손해 보는 건 없는 것 같다. 마스크를 썼다. 엄마가 깨지 않게 문을 닫고 밖으로 나왔다. 시커먼 것들이 전깃줄 위에서 시끄럽게 울어 댔다. 젠장. 이 동네는 까마귀가 징그럽게도 많다. 원래 이 동네는 남새밭이었다. 온 땅이 다 진흙 밭이다. 김 할머니네 햇님 슈퍼를 중심으로 아랫동네는 쉰 세대가 윗동네는 열 세대가 다

닥다닥 붙어 있다. 아랫동네는 통장 아저씨네 보석방과 돈 좀 있다는 천 씨 아줌마 집이 있다. 윗동네는 아직 개간도 안 된 데다 괜찮게 사는 집이 없다. 그래서인지 아랫동네 사람들은 윗동네 사람들과 격이 다르다고 생각한다. 돈을 모으면 윗동네 사람들은 아랫동네로 이사를 갔다. 너나없이 이사를 가는 바람에 윗동네는 열 세대밖에 남지 않았다. 공장 사장인 아빠와 사모님인 엄마, 마당 딸린 넓은 집, 골든리트리버까지 꽤나 그럴듯하게 살던 서울 생활에 비하면 윗동네나 아랫동네나 형편없는 수준이다. 게다가 동네 사람들은 평상에 모였다 하면 어느 집 며느리가 밤마다 아랫동네로 마실을 나간다는 둥 어느 할망탕구가 춤바람이 났다는 둥 남 뒷담화를 했다. 뒷담화에 목숨을 걸다니, 희한한 일이었다. 이게 다 가난해 할 일이 없는 탓이다. 다른 건 몰라도 입 농사 하나만큼은 잘되는 동네였다.

햇님 슈퍼에 다다랐을 즈음 이미 운동화엔 온통 진흙이 묻었다. 진흙을 대충 털어 내고 놀이터로 갔다. 작년 5학년 겨울 방학 이곳 부산으로 이사를 왔지만 아직까지 적응이 안 되는 게 있었다. 까마귀, 진흙, 그리고 현보였다. 우리 집은 담벼락 하나를 사이에 두고 현보네 집과 마주 보고 있다. 내 방 창문을 열면 현보 집에서 주고받는 말소리가 다 들렸다. 흘끔거리기만 해도 밥상의 숟가락 개수는 물론 무슨 반찬이 올라왔는지까지 훤히 보인다. 한 번씩 현보가 발작할 때 새어 나오는, 짐승처럼 끙끙대는 소리도 들린다. 그럴 때면 온몸이 나도 모르게 진저리가 쳐졌다.

사람들은 현보에 대해 이런저런 말들을 많이 했다. 늘 싱글벙글 웃는 꼴에다 말까지 더듬어서 바보라고 말하는 사람도 있었다. 또 쓸데없이 오지랖 넓은 현보를 눈치 없는 놈이라고 구박하는 사람도 있었다.

나도 웬만하면 현보를 모른 척하고 싶었다. 현보와 옆집이라는 이유로, 현보가 나를 알고 있다는 이유로, 서른이나 먹은 말더듬이와 가까이 지내고 싶은 마음은 없었다. 더러운 추리닝에 모자를 꾹 눌러쓴 모습, 소처럼 툭 튀어나온 눈, 넓적한 코, 여름이나 겨울 상관없이 양말을 신지 않은 커다란 발, 특히 험상궂은 얼굴로 짐승 같은 소리를 내며 조무래기들을 향해 흙을 던지는 현보는 누가 봐도 어디 한 군데 모자란 사람 같은 느낌을 줬다.

사실 나는 현보의 동생인 현수 오빠를 좋아한다. 현수 오빠와 한 번이라도 마주쳤으면 하는 소망이 마음속에 나비가 날갯짓을 하듯 파닥거렸다. 나는 현보를 오빠라고 부르지 않았다. 그러면서도 동생 현수는 오빠라고 꼭 붙였다. 현보보다 세 살이나 적은데도 말이다. 피부도 여드름 하나 없이 깨끗했다. 고등학생처럼 동안이었다.

놀이터를 일곱 바퀴 돌았다. 어제보다 한 바퀴 더 돌았다. 살과의 전쟁이었다. 놀이터를 나오는데 추리닝 차림의 현보가 아랫동네 쪽에서 걸어왔다. 운동장 도는 걸 들키지 않아 다행이다. 근데 이 새벽에 어디 갔다 오는 거지? 순간 서로 눈이 마주쳤다. 그런데 추리닝에 슬리퍼를 신고 모자를 눌러쓴 채 서 있는 사람은 현보가 아니라 현수 오빠였다. 현수 오빠도 놀란 듯 주춤했다. 추리닝 소매는 늘어져 있고 무릎 부분이 헤져 누빈 자국이 있었다. 모자는 야구 모자 그대로다. 현보 옷이었다. 영락없는 현보였다. 하지만 현수 오빠의 뛰어난 외모 앞에서는 현보의 추레한 옷도 빈티지 멋을 풍겼다. 그냥 추리닝에 모자를 썼을 뿐인데 모델처럼 근사했다. 8등신의 황금비율을 가진 아폴로 조각상이 떠오른다. 슬리퍼

밖으로 나온 가지런한 발이 현보와 달라도 너무 달랐다. 나는 말 한마디 건네지 못하고 현수 오빠 모습만 뚫어지게 쳐다보았다. 현수 오빠는 마지못해 아는 척하는 듯 떨떠름한 표정이었다.

"네가 연희니?"

"예."

가슴이 마구 뛰었다.

"이웃에 살면서도 이렇게 이야기하는 건 처음이네. 예쁘게 생겼구나. 다음에 또 보자."

현수 오빠는 내 머리에 손을 올리며 두세 번 쓰다듬고는 빠른 걸음으로 반대편으로 뛰어갔다. 오늘은 운이 좋다. 나는 현수 오빠의 손길이 머물던 머리를 어루만졌다. 좀 촌스럽게 표현하자면 적막한 내 마음속에 황홀한 별 하나가 반짝였다고 할까. 마음이 들떴고 모든 일이 잘될 것 같은 예감마저 들었다.

현수 오빠는 급한 일이 있는 듯 보였다. 급한 일이 있으면 그냥 가면 될 텐데 굳이 내게 예쁘게 생겼네 인사치레까지 챙기다니. 그것도 예쁘네가 아니라. 나는 천천히 걸었다. 현수 오빠의 말을 곱씹어 보았다. 예쁘게 생겼네라는 건 오빠의 진짜 감정이 아니다. 대상의 속성을 말하는 거다. 그러니까 예의상 하는 말이다. 내 얼굴이 어떻다는 것쯤은 나도 잘 알고 있다. 나는 누가 봐도 예쁘다고 칭찬할 만한 아이는 아니었다. 얼굴은 크고 각이 졌다. 덩치도 컸다. 오죽하면 엄마나 동네 아줌마까지 큰 곰 오네, 오늘은 저 큰 곰이 어디 가나? 라고 깔깔거리며 놀려 댔을까? 엄마, 아빠 탓이다. 다 망해 버려 이제는 다이어트조차 할 수 없게 됐다. 사람들 눈을 피해 고작 놀이터 몇 바퀴를 돌 뿐이었다. 그래도 나는 그런 놀림에 별로 흔들리지 않는다. 나는 반에서 늘 1등을 놓쳐 본 적이 없었고 학급반장을 도맡았다. 지금이야 이곳에서 나의 재능을 다 발휘하지 못하고는 있지만 조용히 기회가 오기를 기다리고 있다. 내가 서울에서 반장을 했을 때 학교 가는 일이 많아지자 엄마는 신나 했다. 내가 똑똑하다는 것은 엄마나 아빠도 인정하는 사실이었다. 공부를 잘한다는 것은 나를 쉽게 보지 못하게 하는 제일 빠른 길이었다. 어른들로부터의 간섭을 미리 차단하는 하나의 방법이기도 했다. 머리 좋은 것 역시 예쁜 것만큼은 아니지만 여러모로 이득이 되는 일이다. 이 나라에선 그렇다.

학교를 마치고 돌아오는 길이었다. 사람들로 골목 어귀가 어수선했다.

"반지가 없어졌어요. 이틀 전 머리 감는다고 화장대 서랍 안에 넣어 두고 깜박했지 뭐예요. 오늘 결혼식 가려고 찾아보니 없더라고요. 결혼 20주년 기념으로 우리 집 양반이 큰맘 먹고 해 준 건데. 아이고, 이를 어째….''

"우리 가게에서 구입한 반지요?"

보석가게 주인인 통장 아저씨와 돈 많기로 소문난 천씨 아줌마였다. 통장 아저씨 말에 천 씨 아줌마 얼굴이 일그러졌다. 전부터 동네에는 좀도둑이 많았다. 두루마리 화장지가 없어지거나 슈퍼 집 아이스크림이 없어지는 일은 종종 있었다. 먹다가 놔둔 자두 바구니가 통째로 없어진 적도 있었다. 이 동네 사람들은 누구나 한 번쯤은 도둑질을 했고 또 도둑을 맞기도 했다. 도둑은 없어지지도 잡히지도 않았다. 사람들 모두 신경 쓰지 않았다. 하긴, 대수롭지 않게 여기는 이 동네 사람들의 습관은 예전에 다 파악했다. 엄마가 쭈쭈바를 돌리며 은근슬쩍 사모님 시절 이야기를 할 때도 사람들은 누구는 좋은 시절 없었냐는 듯 귓등으로도 안 들었다. 엄마가 청와대에 살다가 왔다고 해도 마찬가지였을 것이다. 사모님이라는 소리에 자랑삼아 돈을 빌려준 엄마나 사장 노릇에 재미가 붙어 공장 일에 소홀한 아빠나 볼 장 다 본 건 사실이다. 영양가 없는 이야기인 건 확실했다.

무료한 동네에 반지가 없어진 건 큰 사건이었다. 사람들은 적잖이 충격을 받았다. 하지만 딱히 누구라고는 말을 못했다. 사람들은 드러내 놓고 말은 안 해도 현보 짓이려니 그렇게 믿고 싶어들 하는 것 같았다. 두루마리 화장지, 아이스크림, 자두까지 현보가 몽땅 다 훔쳐 간 것으로 과거사를 정리하고 싶어 하는 분위기였다.

"요새 현보가 여러 집을 기웃거렸잖아요. 혹시…."

"허허. 그냥 넘어갈 일이 아니네. 이번 기회에 꼬리를 확실하게 잡읍시다."

"아니, 이 동네에서 이런 일이…. 세상에 법 없이도 사는 동네를 욕보이다니."

의기투합한 동네 사람들이 현보 집으로 몰려갔다. 마루에서 잠을 자고 있던 현보가 집 밖으로 끌려 나왔다. 자다 깬 현보는 커다란 눈동자를 굴리며 사람들을 쳐다보았다.

"도둑놈의 새끼. 오늘 내 손에 한번 죽어 봐라."

통장 아저씨가 현보의 멱살을 잡았다. 그러자 천 씨 아줌마가 현보 등짝을 마구 때렸다. 개미 떼처럼 모여든 사람들이 현보를 향해 욕을 퍼부었다. 현보는 무슨 일이 일어나고 있는지 모르겠다는 듯 여전히 어리둥절한 표정이었다.

"도둑이라니요? 형이 훔쳤다는 근거라도 있습니까?"

기척도 없이 나타난 현수 오빠가 동네 사람들을 향해 소리를 쳤다. 갑자기 골목 어귀가 조용해졌다.

"아…니 그게 말이야."

통장 아저씨가 슬그머니 잡은 멱살을 놓자 천 씨 아줌마며 사람들도 아무 일 없었다는 듯 딴청을 피웠다.

"괜히 애먼 사람 잡지 마십시오. 형, 몸은 괜찮은 거야? 일어날 수 있겠어?"

현수 오빠가 땅바닥에 주저앉아 있는 현보를 일으켜 세웠다. 현보의 얼굴이 죄지은 사람처럼 기가 꺾여 있었다.

오늘은 정말 대박이다. 나는 집에 갈 생각도 하지 않

고 구경을 했다. 현보에게 일이 생길 때마다 그 뒤처리를 하는 사람은 늘 현수 오빠였다.

현보가 가끔 발작 증세를 보이기도 하고 말까지 더듬기는 했지만 그나마 다행스러운 것은 그 집에 반듯한 현수 오빠가 있다는 사실이었다. 동네 사람들이 현보를 함부로 못하는 것도 현수 오빠 때문이었다. 현수 오빠는 학생 때 공중파 퀴즈 프로그램에 나갔다. 윗동네에 살지만 뭔가 뒤처지지 않았다는 걸 보여 주고 싶어 하는 동네 사람들에게 자랑거리가 되었다. 1등 상금은 못 탔지만 TV에 나왔다는 것만으로도 대단했다. 상식은 얼마나 풍부하던지 TV를 보는 동안 줄곧 감동을 받았다. 명석한 두뇌도 두뇌지만 현수 오빠는 외모 역시 좋다. 흑진주같이 짙은 머리카락, 하얀 피부, 조각 같은 턱선과 평행선을 그은 듯한 양 옆구리선, 단추가 두세 개 풀어져 있는 섹시한 모습, 새들의 지저귐처럼 유쾌한 목소리에 내 가슴이 쉴 새 없이 뛰곤 했다. 정원에서 불어오는 한 줄기 다정한 바람이랄까? 사막 같은 이 동네에 단비였다. 아무튼, 현수 오빠는 나의 오감을 자극한다. 말을 더듬는 현보보다야 공부 잘하고 얼굴까지 핸섬한 현수 오빠가 백 배 나은 것은 설명할 필요도 없다. 현보 아줌마도 현수 오빠의 얼굴이며 머리를 애정이 듬뿍 담긴 손길로 어루만지는 조금은 민망한 서구식 애정 표현을 서슴없이 할 때도 있었다. 그런 모습을 볼 때면 엄마는 혀를 찼다.

"같은 자식인데 그렇게 편애를 하면 안 되지. 더군다나 모자란 자식을 둔 사람이···. 그럴수록 더 사랑을 줘야 해."

"현보 별명이 뭔지 알아? 바보, 말더듬이, 도둑놈이잖아. 누가 그런 현보를 좋아해?"

나는 입이 툭 하고 튀어나왔다.

"그래도 말이야. 현보가 자꾸 안됐다는 생각이 들어."

엄마는 저 나이 먹도록 변변한 직업 없이 말까지 더듬는 현보가 불쌍하게 여겨지나 보다. 하지만 나는 엄마의 발언이 마음에 들지 않았다. 평소 그런 착한 마음을 가진 엄마라면 자신의 딸인 나에게 쥐꼬리만 한 관심이라도 가져야 하는 게 맞다. 나도 한창 애정을 받을 시기다. 엄마가 하는 이야기를 들어보면 엄마는 정말이지 매사에 사려 깊다. 하지만 실제는 말만큼 행동이 잘 따라가지 못했다.

"어쩜 저렇게 반듯한 총각이 있을까요?"

"게다가 얼마나 효자인데요. 현보 엄마가 목이 아플 때 어성초를 구해다 한 잎 한 잎 따다 먹였다고 하잖아요."

"형 때문에 고생이 많구먼."

현수 오빠는 현보를 부축해 데리고 들어갔다. 사람들은 현수 오빠의 모습에 칭찬을 아끼지 않았다. 동생을 생각하는 현수 오빠의 행동이 정말 멋졌다. 역시 현수 오빠라는 생각이 들었다. 콧노래가 흘러나왔다. 집으로 향하는 발걸음마저 가벼웠다.

수업 내내 비가 억수같이 퍼부었다. 집을 나올 때만 해도 날씨가 화창했다. 이럴 줄 알았으면 저녁에 일기 예보라도 봐 둘걸. 날씨가 변덕쟁이 담임선생님 같았다. 가방을 챙기고 복도로 나갔다. 나는 구멍 뚫린 하늘만 노려보고 있었다.

"여, 연희야?"

내 이름을 부른 건 현보였다. 나는 나도 모르게 움찔했다. 현보는 내가 아끼는 핑크빛 물방울무늬 우산을 들고 있었다. 엄마는 뭐 하고 저 바보 같은 놈이 우산을 가져온 거야. 왜 엄마를 대신해 현보가 우산을 가지고 온 건지 이해가 되지 않았다. 아니 이해라기보다 신경질이 났다.

"트, 특별히 하, 할 일이 이, 있는 것도 아, 아니고 시, 심부름 와, 왔어."

나는 현보가 건네는 우산을 받았다. 순간 나는 현보의 맨발이 눈에 들어왔다. 비에 젖은 커다란 현보의 발을 보자 얼굴이 화끈거렸다. 그런데다 곰처럼 큰 덩치에 더러운 추리닝 차림까지. 그 꼴로 학교까지 온 현보가 창피했다. 나는 우산을 펼쳐 들고는 뒤도 돌아보지 않고 뛰다시피 운동장을 빠져나갔다.

"가, 같이 가."

현보가 뒤를 따라오는 소리가 들렸다.

다음 날 현보는 학교 마치는 시간에 맞춰 또 나를 데리러 왔다. 첫날처럼 그렇게 언짢지는 않았다. 모자란 현보라 해도 혼자 걸어가는 것보다는 나았다. 이런 말이 좀 그렇긴 해도 현보는 꼬리를 흔들며 마중을 나오는 바둑이를 닮았다.

"왔어."

"이, 이제 아, 아침 마, 마다 하, 학교도 데, 데려다 주, 줄게."

"안 그래도 되는데. 근데 어제… 말이야."

사실, 나는 엄마 대신 우산을 가져다 준 현보에게 고맙다는 말도 하지 않고 얌체처럼 굴었던 게 마음에 조금 걸렸다. 빗속을 뚫고 우산을 가져다 준 현보가 엄마보다 몇 배 인간적이긴 했다.

"어제 정말 고…마웠어."

"어? 응."

현보의 얼굴이 홍당무처럼 변했다. 현보는 멋쩍은 듯 굵은 손으로 머리를 벅벅 긁었다. 그러고는 이를 드러낸 채 환하게 웃었다. 조무래기들을 향해 흙을 던지는 험상궂은 얼굴은 봤지만 웃는 현보의 얼굴은 처음이었다.

바람이 더위를 야금야금 먹어 치우는 일요일 오후, 하루 종일 집에만 있으려니 심심했다. 방구석에 처박혀 있는 내 신세가 딱했다. 서울에선 친구랑 생일 파티도 하고 에어컨 빵빵한 PC방에서 게임도 했다. 친구도 PC방도 없다. 죽을 맛이다. 나는 그나마 실컷 탈 마음에 놀이터로 향했다. 멀리 어른 남자 둘이 벤치에 앉아 있었다. 어지간히 할 일이 없는 듯 했다. 가까이 가서 보니 현보와 현수 오빠였다. 현보가 고개를 숙였다. 그러다 서로 한 번씩 얼굴을 마주 보며 한마디씩 주고받았다. 현보가 고개를 끄덕이자 현수 오빠가 무릎을 쳤다. 무슨 깊은 속사정을 털어놓고 있는지 둘 다 진지해 보였다. 나는 그 내용이 사뭇 궁금했다. 아니 그보다도 사실은 현수 오빠의 얼굴을 한 번이라도 더 보고 싶은 게 진짜 내 속마음이었다. 나는 조심조심 벤치 가까이에 있는 사철나무 쪽으로 걸음을 옮겼다. 촘촘한 잎이 얼굴을 간질였지만 꾹 참았다.

"미안해."

"니, 니가 조, 좋아하니 다, 다행이야."

"혹시 어머니에게 말하지는 않았겠지?"

"서, 설마 그, 그럴 리가?"

"하긴, 사실을 이야기한다 해도 어머니나 동네 사람들 모두 곧이듣지 않을걸. 그러니까 딴생각 같은 건 하지 않는 게 좋을 거야."

"그, 그, 여, 여자 조, 좋아?"

현보는 바보같이 웃으며 물었다.

"부자에다 예쁘잖아. 뭘 더 바라. 그런데 왜 계속 웃는 거지?"

"혀, 현수 너, 너는 저, 정말 똑똑해. 나, 나는 바, 바보야. 어, 엄마도 사, 사람들도 모두 그, 그렇게 생각해. 혀, 현수 너, 너는 새, 새것, 나, 나는 허, 헌것."

"무슨 쓸데없는 소리를 지껄이는 거야?"

"새, 새 건 조, 좋아. 하, 하지만 허, 헌 건 나, 나빠."

"이상한 소리 그만하고 내 말에 집중 좀 해. 이 세상에 나 말고는 다 적이야. 내가 원하는 것 가지려면 눈치껏 살아야 해. 그나저나 취직 준비하려면 돈이 필요해."

"지, 지난번 도, 돈은?"

"그 돈 얼마 된다고 시내에 한 번 갔다 오면 금세 빈털터리가 돼. 이번이 마지막이야. 그리고 이 일은 죽을 때까지 비밀로 해야 돼."

현수 오빠는 내세울 만한 직업도 없다. 현보 아줌마도 밭일을 해서 겨우 입에 풀칠을 한다. 하지만 언젠가부터 현수 오빠의 옷차림이 말쑥했다. 뭐가 그리 바쁜지 얼굴 한번 보기도 쉽지 않다. 대체 현수 오빠는 뭘 하고 살까? 가끔 의아할 때가 있다.

"이 도, 동네 사, 사람들 다, 도, 돈이 어, 없잖아?"

"다, 없지는 않잖아. 아랫동네는 좀 다르지."

"그, 그렇구나. 그, 근데 어, 어렵지 아, 않을까? 사, 사람들에게 또 드, 들키면? 주, 죽을 수도 이, 있잖아. 주, 죽는 건, 하, 한 조각 구, 구름이 사, 사라지는 것. 도, 돌아오지 아, 않는 파, 파도 가, 같은 거, 거랬어."

"어디서 주워들은 모양이네. 형이 언제부터 그렇게 겁쟁이가 된 거지?"

"나, 나는 괘, 괜찮아. 그, 근데 어, 엄마가 거, 걱정돼. 자, 자식이 주, 죽으면 부, 부모는 가, 가슴에 므, 묻는다 자, 잖아."

"듣기 싫으니 그만 좀 해! 형 때문에 내가 얼마나 손해를 보고 있는지 알아? 취직도 못하고 결혼까지 못하고 있어. 나를 위해 그 정도는 해 줘야 하잖아. 물론 하고 말고는 형 마음이야."

"아, 알았어. 자, 잘 할 수 있어. 내, 내가 바, 반드시 서, 성공 시, 시킬게."

"그럼 됐어."

그날 저녁, 나는 밥을 먹다 현보와 현수 오빠가 나누던 대화들이 다시 기억났다. 바람이 중간중간 이야기를 잘라 먹고 나뭇잎이 얼굴을 간질이는 통에 둘의 대화를 제대로 듣지 못했다. 현보와 현수 오빠가 대체 무슨 이야기를 하고 있었던 걸까. 며칠 전 새벽에 마주친 현수 오빠 모습이 아른거렸다. 나는 숟가락을 내려놓았다. 입맛이 없었다. 자꾸 나쁜 일들이 일어날 것 같은 예감이 들었다.

"얼굴이 왜 그 모양이야?"

현보는 학교가 아닌 놀이터에 피투성이가 된 채 앉아 있었다. 현보가 보이지 않아 혼자 집으로 가는 중이었다. 왼쪽 눈썹 위도 찢어졌고 입술 부위는 부풀 대로 부풀었다. 추리닝은 피로 얼룩이 졌다. 그런 얼굴로 앉아 있는 현보가 안쓰러웠다.

"자, 장 씨에게 어, 얻어마, 맞았어. 나, 나 보고 미, 미친놈이라며 때, 때렸어."

"장 씨가?"

장 씨는 우리 동네에서 춤 잘 추기로 소문난 사람이었다. 아줌마들 중 몇몇은 장 씨에게 반해 춤을 배웠다.

"여, 여자같이 새, 생겼어도 주, 주먹은 괴, 굉장히 쎄, 쎘어."

"왜 맞았어?"

"미, 미스 하가 그, 그랬어. 자, 장 씨가 콘, 콘딜 로, 로마에 걸렸다고."

"콘딜로마?"

"성, 성, 접촉으로 가, 감염되는데 하, 항문 주위에 사, 사마귀 같은 게 새, 생긴대. 유, 유산균을 서, 섭취하고 수, 숙면을 하, 하는 게 조, 좋다고 했어."

현보는 맞은 이유보다 더 급히 해야 할 말이 있는 듯했다. 나는 현보가 더듬는 것만 빼고는, 제법 말을 조리 있게 하는 데 놀랐다. 더욱이 영어에다 어려운 의학용어까지 알고 있다는 사실은 의외였다. 바보라는 말이 잘못 전해진 건 아닐까 그런 생각도 들었다.

"그래서?"

"내, 내가 마, 말 했어."

"뭘 말이야?"

"자, 장 씨는 동, 동성 여, 연애자이고 서, 성병에 걸, 걸렸다고."

"뭐야?"

영어도 술술, 의학용어도 술술 내뱉는 현보의 지적 수준에 내심 감탄하고 있는 중이었다. 그런데 여기서 딱 걸렸다.

평소 장 씨가 다리를 꼬아서 앉는 것 하며 목소리도 여자처럼 야릇한 게 이상하긴 했었다. 장 씨가 성병에 걸려 병원에 찾아온 이야기를 미스 하로부터 들은 현보가 사람들에게 그걸 말했던 모양이었다. 그 말을 들은 장 씨에게 현보가 방망이찜질을 당했던 것이다.

"왜 그딴 말을 하는 건데. 그런 건 말이야. 가만히 입 다물고 있어야 되는 거야."

"사, 사실이, 인데 왜 마, 말하면 아, 안 돼?"

진짜 어이가 없었다.

"사실이라고 다 말할 수는 없어."

"왜 마, 말을 모, 못해?"

나는 말문이 막혔다. 굳이 이유를 대지 않아도 누구나 다 아는 것을 어떻게 설명해야 할까? 용기가 없거나 나하고 상관이 없거나 아니면 말해서 서로에게 해가 되기에 그런다는 걸 현보는 모른다.

"모른 척하는 것도 나쁘지 않아. 어른들은 다들 그렇게 살고 있는걸."

현보는 여전히 이해가 안 간다는 듯 얼굴 표정이 심각했다.

"아, 알면서 모, 모른 척하, 하는 건 거, 거짓 마, 말 아니야?"

"그건 거짓말이 아니라 침묵이라고 하는 거야. 침묵은 금이다 이런 말도 있잖아. 살다 보면 침묵해야 할 때가 있고 하얀 거짓말을 해야 할 때도 있는 거야."

나는 제법 어른 흉내를 냈다. 세상은 현보가 생각하는 것처럼 단순하지 않다는 걸 가르쳐 주고 싶었다.

"아, 아니야. 거, 거짓마, 말은 다, 다 나빠."

"그러니까 현보를 사람들이 자꾸 바보라고 하는 거야."

나는 이 동네로 이사 오던 날 풍경이 아직도 눈에 선했다. 웬 할머니가 슈퍼 앞에서 젊은 며느리를 쥐 잡듯 잡고 있었다. 며느리가 다른 사람한테 시어머니 험담한 걸 할머니에게 들킨 것 같았다. 이사 온 첫날부터 고부가 길 한복판에서 싸우는 꼴을 보다니 별 볼일 없는 동네다 싶었다. 내용은 귀에 딱지가 앉을 정도로 흔한 이야기였다. 더 웃긴 건 옆에 있던 덩치 큰 사내였다. 더러운 추리닝에 슬리퍼를 신은 꼬락서니가 거지꼴이다. 사내는 말을 몹시 더듬었다. 말을 더듬으면서도 끝까지 할머니에게 핀잔을 주었다.

"며, 며느리가 바, 바른 말 해, 했네. 도, 돈도 마, 많이 버, 벌고 사, 살림도 자, 잘 하, 하는데 매, 맨날 게, 게으르다고 며, 며느리 구박하면 하, 할매가 자, 잘못한 거지. 노는 시, 신랑이랑 하, 할매 머, 먹여 사, 살리는 게 누, 누군데…."

"이놈이! 똥인지 된장인지 구별도 못하는 놈이 누구 역성을 들고 있는 게야. 썩 꺼져! 바보 같은 놈."

할머니가 불같이 화를 냈다. 사내는 할머니가 화내는 이유를 모르는 듯했다. 사내가 계속 대꾸를 하자 할머니는 점점 더 화를 냈다. 옆에 있던 다른 아저씨가 사내를 집으로 데리고 갔다. 진짜 바보 같은 놈이었다.

뒤는 어떻게 됐는지 안 봐도 비디오다. 결국 며느리가 일주일간 친정집에 가서 안 오는 사달이 났다. 그 바보 같은 사내가 바로 현보였다.

"정말 답답하긴. 이 얘긴 그만하자."

나는 옛날 일이 생각나 더 이상 말을 할 수가 없었다. 말하는 내 입이 아팠다. 말해 봤자 별 소용이 없었다. 6학년인 내가 봐도 사실과 거짓의 문제가 아니다. 현보는 상황 파악이 안 되는 거였다. 좋은 건지, 나쁜 건지 구별조차 못했다. 그러면서도 사람들이 시키는 자질구레한 일은 혼자 다 했다. 사람들은 현보가 그런 일을 하는 게 당연하다고 생각했다. 잔심부름을 시키는 엄마를 봐도 알 수 있다.

현보가 상황에 맞게 말을 할 줄 모르는 거라면 차라리 모르는 척하는 게 더 좋을 것 같았다. 상대편 고스톱 패를 가르쳐 주거나 내기 장기 훈수를 둘 때도 그랬다. 사람들은 현보가 옆에 있는 걸 은근히 불편해했다. 늘 오해받을 일을 사서 했다.

쓸데없는 일을 만들어 자기만 피해 보는 일은 하지 않았으면 싶었다. 나는 장 씨에게 맞은 현보가 가엾기도 했으나 한편으론 답답해서 속이 터질 지경이었다. 자꾸 화가 치밀었다.

장 씨가 집을 내놓았다. 장 씨에게 언어맞은 현보만이

아무도 모르게 자리에 누워 끙끙 앓았다. 그러나 현보가 건강을 되찾고 예전의 모습 그대로 다시 돌아오는 데 그리 오랜 시간이 걸리지 않았다. 현보의 체력은 타고났다. 하늘이 현보에게 유일하게 남겨 준 게 동물처럼 스스로 치료하는 능력이었다.

"너, 너의 지, 집에 가, 가도 부, 부모님은 아, 안 계실 거야."

몸이 다 나아 나를 마중 나온 현보가 전처럼 먼저 이야기를 꺼냈다. 처음에는 현보와 마주칠까 겁을 먹었지만 요즘은 현보의 모습이 보이지 않을 때면 오히려 내가 시간을 맞춰 놀이터에서 기다렸다.

"현, 현보가 어떻게 알아?"

내가 모르고 있는 우리 집 사정까지 현보가 알고 있다는 것이 놀라웠고 덩달아 나도 모르게 말까지 더듬었다.

"내, 내가 아침에 봐, 봤다. 너, 너희 어, 엄마, 아, 아빠서, 서울에 가, 간다고 해, 했어."

"서울에? 무슨 일로?"

"너, 너의 아, 아빠 비, 빚 때문에 가, 감옥 가, 갈지도 모, 모른다고 그, 그랬어."

현보는 숨이 찬 듯 보였다. 미간이 몹시 떨렸고 붉어지고 있었다. 현보가 횡설수설 늘어놓고 있었지만 나는 이미 그 뜻을 알고 있었다.

"우리 엄마가 뭐라고 안 했어? 언제쯤 온다거나 나에게 남긴 말 같은 것 말이야."

담배꽁초를 비벼 대는 어른들처럼 나는 괜스레 운동화를 땅바닥에 비벼 댔다. 어떻게 나만 홀로 남겨 둔 채 갈 수가 있을까? 아직 어리고 여잔데 밤에 혼자 어떻게 자라고? 무책임하고 대책이 없는 엄마, 아빠를 이해할 수 없었다.

"그, 글쎄. 일주일 아, 아니면 이주일. 바, 밥 먹고 고, 공부 자, 잘하고 이, 있으래."

"그래. 매일 공부만 잘하라지. 딸 걱정은 안 하고 맨날 돈 걱정, 공부 걱정만 하는 엄마니까."

나는 닫힌 가슴으로 말했다. 부모가 감옥에 갈 수 있다는 말을 듣고도 아무렇지 않게 대답할 수 있는 아이는 아마 이 세상에 나밖에 없을 거라고 생각했다.

"엄마, 아빠는 왜 갖고 싶은 게 많은 걸까? 넓은 집, 골든리트리버, 사장님, 사모님 이름까지. 무조건 돈 주고 사면 다 되는 줄 알아. TV에서 본 모습을 흉내만 내. 진짜 그걸 누릴 능력도 없으면서. 덩치만 컸지 어린 나보다 나은 게 없다니까."

현보한테는 남들에게 말 못하는 마음속 이야기까지 속 시원하게 해도 될 것 같은 믿음이 생겼다.

"사, 사람들은 자, 자신이 가, 갖고 있는 건 모, 모두 허, 헌 거라고 새, 생각해."

"응?"

"워, 원하는 걸 가, 가져도 자, 자꾸 또 가, 가지고 싶어 해. 다, 다들 그, 그 힘으로 사, 사는 거, 건지도 모, 모르지만. 매, 매일 새, 새것을 차, 찾으려고 도, 돌아다, 다니지."

무슨 말인지 모르겠지만 아무튼 내 귀에 멋지게 들렸다. 가끔 현보 이야기를 듣다 보면 내 머리도 오락가락했다.

어른들도 어린 나만큼이나 새것, 좋은 것에 대한 기대가 큰 모양이었다. 더 멋진 카드를 원하는 것과 같은 마음처럼.

집에 도착해 보니 서울에 일이 처리되는 대로 돌아오

겠노라는 짤막한 쪽지 한 장이 마루 위에 놓여 있었다. 엄마와 아빠가 없는 집은 어느새 싸늘함이 감돌았다.

엄마는 아침나절 밀린 빨래를 할 참이었던 것 같았다. 햇살이 펼쳐 놓은 이불처럼 빨랫감 위에 고르게 내려앉았다. 빨래를 하기에도 빨래가 마르기에도 아주 적당한 날씨였다.

"여, 연희야?"

현보가 내 이름을 부르며 계단을 올라왔다. 사기그릇을 품에 안고 있었다.

"호, 호박죽이야. 어, 어서 머, 먹어."

"웬 호박죽이야? 음… 현보 너, 엄마 없을 때 훔쳐 왔지?"

현보는 대답 대신 킥킥거렸다.

"아직도 호박죽을 집에서 만드네. 우리 엄마는 한 번도 만들어 준 적이 없는데. 가끔 시장에서 사 온 호박죽을 전자레인지에 데워 먹을 때마다 스티로폼 냄새가 나서 정말 싫었어."

"호, 호박죽 끄, 끓이기 쉬, 쉬운데."

"정말?"

"늙은 호, 호박씨를 소, 솎아 내서 까, 깎은 뒤 고, 고구마, 우, 울콩, 파, 팥을 하, 함께 넣고 삶아. 차, 찹쌀과 싸, 쌀을 자, 잘 바, 반죽해서 새, 생알을 마, 만들고 소, 소금으로 가, 간을 한 다음 무, 물의 양을 자, 잘 마, 맞춰 끄, 끓여 내면 돼."

"와! 대단한데. 그럴 걸 어떻게 알았어?"

"어, 엄마가 하, 하는 걸 봐, 봤어."

나는 현보의 기억력에 새삼 놀랐다. 현보가 가져다준 호박죽 한 그릇을 재빨리 먹어 치웠다. 재료는 썩 화려하지 않았지만 맛은 기가 막혔다. 그래도 내가 굶을까 걱정해 주는 사람은 현보밖에 없었다.

"내, 내가 다, 다음에 또 가, 갖다 주께."

"응."

호박죽을 주려고 잠깐 들렀다며 현보는 계단을 껑충껑충 뛰어 내려갔다.

펑 뚫린 하늘에서는 쉼 없이 따가운 햇살이 내리쬐고 있었다. 나는 바지를 무릎 끝까지 걷어 올리며 엄마가 빨려다 만 이불을 꾸역꾸역 밟았다. 점점 더 심술을 부리는 햇살에 눈살을 찌푸렸다. 이 동네는 도대체 미래가 없다. 솟아날 구멍조차 보이지 않는다. 아빠는 감옥에 갈 수도 있다. 제기랄. 내 인생도 어떻게 될지 모른다. 외톨이가 된 것 같다. 마음이 감옥 같다. 저 고약한 햇살 탓인지 목이 탔다.

장 씨 얼굴이 보이지 않자 동네가 다시 조용해졌다. 현보의 발작도 뜸해졌다. 현보가 전처럼 남의 집을 기웃 거리는 일이며 다른 집 살림살이에 이래저래 간섭을 하는 일 말고는 하루하루가 편안했다. 나는 부모님의 부재에 그럭저럭 적응을 했고 내 이해심은 수긍을 넘어 거의 체념 상태에 머물렀다. 그러는 동안 현보와 나는 둘도 없는 친구 사이가 되었다. 나는 현보가 아주 의리 있다고 생각했다. 그러나 듣기 싫은 들짐승 같은 소리를 내며 아이들에게 흙이나 모래를 던지는 현보의 버릇만은 아직 여전했다. 제발 그런 행동은 하지 말라고 여러 번 일러 주어도 현보는 그저 바보 같은 웃음만 지었다. 현보의 바보 같은 웃음이 햇살보다, 엄마 아빠보다 더 따뜻할 때가 있었다. 현보가 들려주는 자장가 소리를 들으면 나는 외롭고 어두운 이 동네에서 깊고 편한 잠에 빠져들 수 있었다. 현보는 노래만큼은 더듬지 않고 잘 불렀다. 큰 덩치만큼 목소리도 컸다. 나는 거대한 산 같은 울림이 좋았다.

엄마 아빠가 돌아왔다. 서울에 갔던 일은 마무리가 잘 된 듯했지만 엄마와 아빠는 드디어 헤어지기로 서로 합의를 한 모양이었다. 내가 드디어라고 말한 것은 엄마, 아빠의 이별을 내심 바라고 있었다는 말이 아니다. 어떤 결정이든 날 게 뻔했다는 뜻이다.

사장님, 사모님이 된 엄마 아빠는 집을 비우는 날이 허다했다. 개라고 하면 보신탕밖에 모르던 아빠가 사 온 골든리트리버와 나, 이렇게 둘뿐이었다. 골든리트리버 는 그저 마당을 보기 좋게 꾸미기 위한 인테리어일 뿐 이었지만 어쨌든 우리 둘은 이 집의 파수꾼이었다. 행여 엄마와 아빠를 함께 보게 되면 하숙생들끼리 만난 것처 럼 서로가 서먹서먹했다. 엄마 아빠의 헤어짐은 예감된 일이었다. 결과가 좋든 나쁘든 간에 따라야 한다는 것. 그것도 내 운명이었다. 일이 이렇게 되자 나는 엄마와 아빠를 두고 고민을 했다. 나에 대한 애정이 없는 건 두 사람 다 마찬가지였다.

나는 엄마와 살기로 했다. 아빠는 엄마 몰래 식당일을

하는 아줌마와 사귀고 있었다고 고백했다. 아빠와 헤어져야 한다는 것이 슬프지는 않았다. 나는 얼마 지나지 않아 새로운 상황, 기이하게 달라지고 있는 이 세상에도 익숙해질 것이다.

나는 학예회 연습으로 이래저래 바쁘게 보냈다. 친하지도 않은 친구들과 함께 노래 부르고 춤추는 것도 못할 일이었다.

골목 어귀에서 사람들의 웅성거리는 소리가 들렸다. 언제쯤 이 골목이 조용해질지, 나도 모르게 타이어 바람 빠지는 듯한 소리가 새어 나왔다. 콩알만 한 게 벌써부터 한숨 쉬는 걸 배웠다며 엄마가 내 머리를 쥐어박은 적도 있었다.

통장 아저씨네 보석가게가 털렸다고 했다. 아저씨네 보석가게는 서울에 있는 주얼리 샵처럼 근사하지는 않았지만 값나가는 것들이 꽤 있었다. 어찌 된 일인지 금만 몽땅 사라졌다. 현보가 땅에 엎드린 채 맞고 있었다. 현보는 커다란 눈을 굴리며 사람들을 쳐다보지 못했다. 그저 고개를 숙인 채 묵묵히 맞고만 있었다.

"보석방 근처를 지나가는 현보를 내가 봤어. 추리닝에

모자까지 썼더라고. 마침, 일거리가 생겨 새벽에 나가는 길이었지. 그냥 버스를 타 버렸는데 생각해 보니 그날이더라고."

도배 일을 하는 윤 씨 아저씨의 목소리였다.

"이 두 눈으로 똑똑히 봤다니까."

엄마나 이 동네 사람들처럼 나도 뭔가 해명하고 싶어졌다. 현보는 꼬맹이들에게 돌을 던지기는 해도 사탕 한 봉지조차 뺏지 않았다. 김 할머니네 자두나 감자에도 손 한번 댄 적이 없다. 현보가 도둑이 아니라는 말이 목구멍까지 올라왔다. 하지만 내 말 따윈 믿어 주지 않을 것이다. 그저 메아리일 뿐. 양치기 소년의 거짓말은 잘 믿으면서 진짜 진실은 알지 못하는 어른들이었다.

"정말 형이 그랬어?"

현수 오빠는 현보가 두들겨 맞는 모습을 보았다. 하지만 소름이 돋을 만큼 현수 오빠의 얼굴은 무표정했다. 지금까지와는 전혀 다른 현수 오빠의 모습에 처음으로 오빠가 낯설었다. 나만 겁을 먹은 채 울음을 터트리고 있었다. 현보가 고개를 들었다.

"네가 훔치지 않았지, 그렇지? 현보야, 말을 해."

현보의 어깨에 손을 올렸다. 현보는 대답이 없었다. 문득 며칠 전 새벽 운동을 하던 그날이 번개가 치듯 번쩍 떠올랐다. 나는 현수 오빠를 놀이터에서 만났다. 현수 오빠는 분명 아랫동네에서 오는 길이었다. 현보 옷을 입었고 내 머리를 쓰다듬어 주었다. 퍼즐 조각들이 하나씩 맞춰지는 느낌이었다. 나는 현수 오빠에게 걸어갔다.

"언젠가 아랫동네 입구에서 우리 만난 적 있죠?"

"언제 내가 너를 봤다고 그래?"

"기억 안 나요? 나보고 예쁘게 생겼다고 했잖아요?

"뭔가 착각하고 있는 모양이구나."

"현보 추리닝을 입고 있는 걸 봤는데…."

"대체 무슨 말을 하는 건지 모르겠네."

동네 사람들도 무슨 뜬금없는 소리를 하느냐는 표정들이었다. 어른들 일에 끼어들지 말고 집에 가라고 했다. 나조차 믿기지 않는데 사람들이 내 말을 믿을 리 없었다. 나는 다시 현보 쪽을 쳐다보았다. 믿을 사람은 현보밖에 없었다.

"일요일 날 말이야. 놀이터에서 무슨 일 있었지? 현수 오빠가 너에게 뭔가 부탁했잖아."

"기, 기억 아, 안 나."

현보는 머리를 세차게 흔들었다.

"왜 모른다고만 하는 거야? 무슨 말이라도 해 보라니까."

모른 척하는 법이 없던 현보가 무슨 비밀이라도 있는 듯 이상하리만큼 입을 열지 않았다.

"여, 연희 니, 니가 마, 말했잖아."

한참 지나서야 현보는 입을 열었다.

"사, 사실이라고 다, 마, 말할 수는 어, 없다고. 니 마, 말이 맞아."

"바보야! 지금은 입 다물고 있을 때가 아니야. 그딴 말 다 거짓말이라고. 거짓말은 나쁜 거잖아."

현보는 남의 속도 모르고 하필 이럴 때 그런 말을 했다. 뭔가 의미심장한 얼굴이다. 현수 오빠를 보호하겠다는 결심이 엿보였다. 눈물 나는 형제애다. 애초에 그딴 말 따위 가르쳐 준 게 후회됐다.

"설마 윤 씨 아저씨가 거짓말을 했겠어요? 저도 형이 그럴 줄 몰랐네요. 어떻게 해서라도 알아볼 테니 저만 믿으세요."

현수 오빠의 말에 사람들 모두가 고개를 끄덕였다.

"그럼 다들 가지."

통장 아저씨가 헛기침을 했다. 사람들이 통장 아저씨 뒤를 따라 나섰다. 현수 오빠는 사람들이 골목 밖으로 나갈 때까지 그 자리에 서 있었다. 사람들이 다 가자 현수 오빠가 천천히 내 쪽으로 몇 발짝 다가왔다. 내 귀에 대고 속삭였다.

"사실 자체는 중요하지 않아. 중요한 건 말이야. 사람들이 어떤 사실을 믿느냐는 거지. 어린 데다 모자란 사람 말을 누가 듣기나 한대? 좀 더 크면 연희 너도 알게 될 거야."

현수 오빠의 입꼬리가 묘하게 올라갔다. 마치, 너 따위 꼬맹이가 알긴 뭘 알아라고 말하는 것 같았다. 현수 오빠는 엎드려 있는 현보를 흘끔 쳐다보았다. 침을 한 번 뱉고는 골목을 빠져나갔다.

사실과 진실 사이 거리는 얼마나 될까. 사실이라도 믿어 주지 않으면 거짓이 된다. 하지만 거짓이라도 믿어 버리면 곧 진실이 된다. 믿어 주지 않는 진실, 믿어 버린 거짓. 한참을 멍하니 있었다.

현보가 주춤주춤 일어섰다. 아무 데도 다치지 않았다는 듯 무릎을 털었다. 그러고는 흙 묻은 손으로 내 머리를 두세 번 쓰다듬었다. 바보같이 씩 웃었다.

그날 이후 현보를 보지 못했다. 학교를 마지막으로 다녀오던 날, 현보네 집 대문 위에 조등이 바람결에 흔들리고 있었다.

해설

언어의 가장자리에 머무는 진실들

─장미영 소설의 '말함/말하지 않음'에 대하여

오현석(문학 연구자)

　인간은 누구나 자신이 생각하는 진실의 실체에 다가서고자 하는 욕망을 품고 있다. 그래서 어느 시대를 살아가든 간에 자신이 서 있는 장소와 시간에서 참, 거짓을 명확하게 확인, 판별할 수 있는 능력을 갈구해 왔다. 그 이유는 인간이 스스로를 이성적 존재로 규정하고 그것을 근거로 참과 거짓을 완벽하게 판별할 수 있는 것이 인간다움이라 믿었기 때문이다. 장미영 작가는 이러한 믿음에 의문을 품고 소설을 통해 언어의 불완전성을 규명하고자 하고 있다. 소설집에 수록된 7편의 작품은 모두 언어에 대한 믿음에 기인해 발생하는 사건과, 그것을 수습하고자 하는 현실을 그리고 있다.

그 믿음에 의지해 인간은 거짓말탐지기와 같은 기계를 발명하고 과학의 힘을 빌려 진실을 판정하는 욕망을 충족시키고자 했다. 이 기계는 인간의 정신적 영역을 과학으로 판별하고자 하는 시도였다. 인간의 교감신경을 자극하여 심장이 빨리 뛰고, 근육으로 피가 몰리며, 호흡이 급박해지는 신체적 변화를 측정하여 참과 거짓을 찾아내는 원리이다. 즉, 신체 내부의 변화를 증거로 삼아 인간의 사고를 제어, 판단하고자 했다. 하지만 이러한 기계와 과학기술은 지금도 여전히 참-거짓의 절대적 판별 기준이 되지 못하고 단순히 진실과 거짓을 판별하는 참고 자료로만 활용될 뿐이다.

인공지능 시대인 2023년, 진실과 거짓의 판단을 우리가 만능이라고 믿는 챗 GPT와 같은 open AI에게 구할 수 있으면 좋겠지만 안타깝게도 그것 역시 한계를 지니고 있다. 여전히 인간이 만들어 놓은 알고리즘으로는 무한대 경우의 수에 이르는 인간의 심리와 사고방식을 완벽하게 분석·판정하여 현상 너머의 진실에 마주 서기 어렵다. 그것은 인간의 행동, 생각, 언어가 정해진 범주 안에서 규정되거나 규격화될 수 없기 때문이며, 궁극적으로는 인간 스스로 그것을 거부하는 이중적 본능이 존재하기 때문이다. 즉, 인간은 진실에 다가서고자 하는 욕망을 끊임없이 드러내지만 그 반대의 의식에는 자신의 진실을 감추고자 하는 은밀한 저항 기제가 작동한다. 아무도 자신이 진실에 의해 발가벗겨지는 것을 원치 않는 것이다.

이처럼 진실과 거짓은 양면의 관계인 것 같지만 근원적으로는 상황에 따라 동전의 앞뒤를 뒤집을 수 있는 관계이다. 진실과 거짓은 기본적으로 '말함'의 행간에 녹아 있다. 문제는 말함이 모든 것을 증명하지는 않는다는 것이다. 그 이유는 인간의 언어와 그 언어 속에 녹아 들어서 겉으로 드러나지 않는 '말하지 않음'이 존재하기 때문이다. 언어가 모든 것을 증명한다고 착각하지만, 인간의 감정, 호흡, 의식 등 언어로써 말해지지 않는 진실 이면의 진실을 오롯이 대면하고 이해하기란 쉽지 않다. 지금도 우리가 살아가며 밟고 있는 이 땅에서 누군가의 입을 통해, 누군가의 침묵을 통해 수많은 진실과 거짓이 오고 간다. 또한 그 진실과 거짓이 옳고 그름 또는 선과 악이라는 현실의 윤리적 경계를 수시로 횡단하는 시대이다. 바로 진실-거짓, 선-악이 혼돈의 시대를 우리는 살아가고 있다.

　장미영 소설가의 소설집 『사려니 숲의 휘파람새』는 「붉은 벽돌집」, 「거짓말의 기원」, 「사려니 숲의 휘파람새」, 「끝나지 않은 약속」, 「그룹 헤로인」, 「타로텔러」, 「우리 동네 현보」 등 다양한 소재를 다룬 7편의 단편소설을 수록하고 있다. 이 작품들의 공통점이 바로 '말함과 말하지 않음'의 간극에서 발생하는 진실과 거짓에 대한 논쟁을 품고 있다는 것이다. 작가는 소설집의 소설들을 통해서 '진실이 무엇인가? 그리고 그 진실은 진실로서 기능하는가?'에 대한 의문을 던지고 있다. 이를 바탕으로 혼란의 시대를 살아가고 있는 동시대의 독자들을 끊임없이 진실과 거짓 판단을 해야 할 심판대에 올려서 시험하고 있다. 독자들은 장미영 소설가가 그려 놓은 7편의 소설을 읽으면서 당혹스러울 수 있다. 이미 진실과 거짓, 선과 악의 경계가 모호해지고 뒤바뀌기도 하는 현실을 살고 있는 우리 시대 사람들에게 외면했던 진실을, 정의를, 현실을 대면시키고 있기 때문이다.

　그런데 여기서 중요한 점은 보통 언어로 발화된 이야

기를 다루는 다른 작가와는 달리 장미영 소설가는 '말하지 않음', '말해지지 않음'의 가장자리에 맴돌고 있는 진실을 끊임없이 갈구하고 있다는 점이다. 즉, 언어에 의해 가려지고 포장된 이면의 그 무엇, 그것이 진실이거나 거짓이거나 간에 언어의 가장자리에서 언어화되지 못한 그늘진 파편들에 작가는 주목하고 있다.

소설집에 수록된 7편의 소설은 크게 기억과 대결하면서 만들어지는 언어를 추적하며 사실 또는 현상의 진실과 거짓을 밝히려 하는 작품과, 우리 시대에 객관적이라고 생각하는 언어로 인해 언어의 표면에서 빗겨나 표류하는 진실과 거짓을 우리가 착각 없이 직시할 수 있도록 하는 작품으로 나눌 수 있다. 전자로는 해리(解離)성 무감각증을 겪는 기억상실과 회복(「붉은 벽돌집」), 소리에 민감한 주인공과 사회초년생의 삶(「사려니 숲의 휘파람새」), 아내의 죽음과 어린 딸의 망상(「끝나지 않은 약속」)을 들 수 있다. 후자에 해당하는 작품은 영유아 학대를 둘러싼 어린이집 교사와 부모의 갈등(「거짓말의 기원」), 예술과 사랑의 경계와 선택 앞에선 젊음(「그룹 헤로인」), 미래를 보는 눈과 말할 수 있음/없음(「타로텔러」), 바보 같

은 인물의 바보 같지 않은 내면(「우리 동네 현보」)의 4편
이 있다.

기억을 말하다, 기억을 만나다

장미영 소설가는 작품 속 등장인물의 기억을 집요하
게 탐독하고 있다. 인간의 머릿속에서 이미지 형태로 순
간순간 나타나는 심상은 주체의 표현을 통해 외부로 노
출되지 않으면 누구도 주체의 기억을 확인할 수 없다.
문제는 언어를 매개로 드러나는 기억이 주체가 지닌 자
의식과 언어에 의해 굴절되거나 왜곡, 축소, 과장, 은폐
될 수 있다는 점이다. 이처럼 인간의 기억은 사실을 반
영 또는 저장한 객관적 투사가 가능한 실체 같지만 그
렇지 않는 경우도 많다. 작가는 이렇게 온전치 않은 인
간 기억의 파편들을 좇아 '사실과 진실의 길이'를 가늠
해보려는 시도를 끊임없이 수행하고 있다. 그 고민의 결
과가 「붉은 벽돌집」, 「사려니 숲의 휘파람새」, 「끝나지
않은 약속」이라는 3편의 소설로 독자들의 앞에 놓이게
되었다.

「붉은 벽돌집」은 해리성 무감각증을 진단받고 과거의 기억으로부터 단절된 채 삶을 살아가는 인물을 주인공으로 내세웠다. 자신이 살아온 궤적을 들여다볼 수 있는 과거 기억은 머릿속에서 해리(解離)되어 정리되지 않는 상태이다. 기억은 있지만 그 기억을 논리적 언어로 정리하지 못하고 있다. 수많은 장면으로 인과성 없이 쪼개진 기억은 선후관계도, 원인과 결과도 없이 그저 주인공의 의식 곳곳에 박혀서 시시때때로 주인공이 떠올릴 진실을 방해한다.

> 기억이라는 놈에게 내 손이며 발, 생각까지 꽁꽁 묶여 있다. 언제부터인가 놈은 허락 없이 점점 주인처럼 나를 지배한다. 기억에 시달리다 보니 사람들과 제대로 말을 나누기도 어려웠다. 동규나 신애와도 거리감이 생겼다. 더듬이의 촉수를 들이대 보지만 머릿속은 빈집이다. (…) 누구나 모든 걸 다 기억하며 사는 사람은 없다. 보고 싶은 것만 보고 듣고 싶은 것만 듣고 살지 않는가. 기억도 마찬가지다. 애써 기억해 낼 필요 없다. 모르면 그만이다. (126쪽)

주인공은 기억 장애를 지니고 있기 때문에 스스로 기억의 한계와 오류를 누구보다도 잘 알고 있다. 하지만 그 반대로 기억이 인간에게 얼마나 큰 힘을 행사할 수 있는지도 알고 있다. 기억은 평소에는 주체의 의지에 종속되어 제어된다. 그런데 어떤 계기를 마주하거나 주체의 의식에 문제가 생길 때 주객이 전도되어 주체를 지배하는 경우가 생긴다. 이런 상황이 되면 주체는 날뛰는 기억을 붙잡지 못하고 머릿속에서 벌어지는 전쟁을 그저 멈출 때까지 두고 볼 수밖에 없다. 「붉은 벽돌집」의 주인공처럼 기억의 매듭이 풀려 여러 갈래로 난무하게 되면 자신이 쏟아내는 기억의 말들 역시 아무것도 아닌 몽상의 파편으로 전락해 버린다.

하지만 다시금 주체를 찾고 발화된 기억을 수습하기 위해서는 기억의 말들을 버릴 수 없다. 기억의 멈춤은 인간 인지 활동의 멈춤을 의미하므로 살아 있는 인간에게 기억의 멈춤은 없다. 그러므로 자신의 머릿속에 들어 있는 기억이 자신을 지배함을 인지하더라도 그것을 떼어 낼 방법이 존재하지 않는다. "뇌 속에 딱 들러붙어 꼼짝을 하지 않다가 어떤 계기"(115쪽)로 사실과 진실이 스며 나온다. 그것이 거짓이지만 기억의 본질을 찾아 들어갈 유일한 열쇠이다. 그러므로 「붉은 벽돌집」에서 주인공은 내뱉어진 기억의 파편들이 환기하는 장면을 결국 대면할 수 있었다. 그것이 바로 자신을 되찾는 마지막 장면이다.

> 빨리 나오란 말이야. 이 새끼야. 넌 새까맣게 타서 재가 될 거야. 녀석이 웃는다. 네가 들어와. 들어와서 네 머릿속에 들어 있는 그 검은 덩어리를 태워 버리라고! 녀석이 손짓한다. 넌 미친놈이야. 나는 계속 소리를 지른다. 불길이 점점 거세진다. 긴 혀를 내밀어 녀석을 휘감는다. 여전히 녀석은 불길 속에서 웃고 있다.
> 나는 소리를 치다가 울었다.(132-133쪽)

주인공은 해리성 무감각증이라는 의학용어로 기억의 혼란을 용인했고, 친구 동규와 신애와의 관계도 기억을 언어로 치환시키는 과정에서 거리를 두게 되었다. 그런데 주인공의 기억은 다른 곳에 있지 않았다. 바로 그 자신이 기억 그 자체였다. 자기를 대면하는 것이 기억을 되찾는 길임을 소설 마지막 장면에서 확인하며 주인공은 기억에 지배되었던 자신을 마주할 수 있었다.

「사려니 숲의 휘파람새」는 소리에 민감한 주인공 지웅이 자신의 귀를 파고드는 각종 소리에 강박을 느끼며 소리의 기억을 벗어나지 못하고 있는 삶을 다룬 소설이다. 그의 기억은 아버지로부터 기인했다. 지웅의 아버지 역시 소리에 민감한 사람이었다. 그렇기 때문에 지웅은 어린 시절 자신이 지닌 소리에 대한 감각과 기억을 이해해 주는 존재가 자신의 아버지뿐임을 깨달았다. 지웅의 아버지는 사려니 숲의 휘파람새를 찾아 떠났는데 결국 그곳에서 삶을 마감했다. 아버지는 "꿈에 살고 꿈에 죽"(58쪽)었지만 지웅이 생각했을 때 아버지는 소리를 기억하는 것이 아닌 소리를 찾아가는 행복한 삶을 살았다. 지웅은 꿈을 찾아 떠난 아버지의 삶을 동경하지만 반대로 두려움도 지니고 있다. 아버지에 대한 기억을, 아버지와 나눈 대화를 망각하지 않기 위해서 그는 아버지가 마지막으로 남긴 텐트에서 아버지가 녹음한 숲속 소리를 들으면서 홍주와 인간의 본능을 탐독한다. 이 역시

소리에 대한 두려움과 그것을 이겨내기 위한 지웅의 일
상이다.

테트 안에 있던 녹음기를 홍주가 껐다.
— 녹음기 말이야. 할 때마다 새소리를 틀어 놓는 거.
깊은 산속에서 둘이 하는 것 같은 느낌이 들긴 했었어.
몸을 섞을 때 녹음기를 틀어 놓는 나를 보고 홍주는 사
이코라고 했다.
— 꽃, 동물, 새, 모든 것들은 말이야 소리로 자신의 존
재를 알리지. 우리와 다른 점이 있다면 거짓이 없다는
거야.(64쪽)

지웅의 귀에 들려오는 소리에는 '도시가 토해내는 온
갖 구역질 같은 소리'(55쪽)가 섞여 있다. 이미 오염되어
버린 자신을 회복할 수 있도록 만들어 주는 소리는 바로
아버지가 녹음한 사려니 숲의 소리였다. 장미영 소설가
는 이 지점에서 아버지의 텐트 안 공간, 녹음기의 소리,
지웅과 홍주의 본능의 몸짓에 인간의 언어가 끼어들 자
리를 허락하지 않았다. 즉, 언어로는 인간의 기억을 원래

자리로 돌리거나 되돌아갈 수 없음을 보여 주고 있다.

언어는 이처럼 기억을 방해하고 단절시키기도 하며 본질을 왜곡하기도 한다. 지웅이 일하던 한의원의 원장은 손님들에게는 중국산 약재를 쓰고 자신의 가족에게는 국산 약재만 쓰면서 효과는 같다는 말을 지웅에게 한다. 원장의 언어 역시 인간이 만들어 낸 소음이다. 이처럼 지웅은 남들의 일상을 끊임없이 머릿속에 축적하고 있지만 아버지처럼 떠남을 선택할 용기는 없었다. 그 대안으로 아버지의 녹음기를 택했다. 반면 지웅의 아버지가 지닌 휘파람새에 대한 집착은 어쩌면 끊임없는 소음의 기억들로 채워져 가는 머릿속을 더 이상 버티지 못하고 떠난 도피처가 아니었을까?

「끝나지 않은 약속」은 부산의 대표적 산동네인 문현동 돌산마을을 배경으로 한 소설이다. 주인공인 나는 홀로 여섯 살 딸 채영을 키우며 살고 있다. 아내 수진은 6년 전 채영을 낳고 뇌종양으로 세상을 떠났기 때문에 채영은 태어나서 한 번도 엄마를 본 적 없이 외할머니와 친할머니의 손에서 자랐다. 채영의 기억에 엄마는 없다. 하지만 「끝나지 않은 약속」에서 채영은 끊임없이 기억의 문을 두드린다. 채영은 다른 사람 눈에는 보이지 않는 아줌마와 대화하고 선물을 받고 그녀를 만나러 집을 나가기까지 한다. 이러한 채영의 행동과 말에 병원에서 의학적 병명으로는 '소아정신분열증'이라는 진단을 내린다. 작가는 이 작품에서 기억의 매우 특이한 지점을 다루고 있다. 바로 말해지지 않은 기억, 언어화되지 않은 기억이 어떻게 인간에게 영향을 줄 수 있는지 채영이라는 어린아이를 통해 보여 주고 있다.

외할머니 집에 다녀오는 날은 내 눈치를 살폈다. 뭔가 물어보려고 망설이다 그만두기 일쑤였다. 모르긴 몰라도 외할머니로부터 수진에 대한 이야기를 듣고 왔을 것이다. 외할머니의 푸념을 듣고 채영이 나름 엄마의 이미지를 만들었을 수도 있다. 나는 수진에 관해 말해 준 적이 한 번도 없다. 채영이가 태어난 지 한 달도 안 돼서 수진이 세상을 떠난 까닭에 본 적도 없고, 기억에도 없는 엄마에 대해 특별히 날을 잡아서 말하기란 쉽지 않았다. 여섯 살이면 예민한 나이이기도 했다.(76쪽)

채영에게 나는 아내 수진의 이야기를 한 적이 없다. 채영의 외할머니는 자신의 딸인 수진에 대한 이야기를 손녀 채영에게 했다. 말함과 말하지 않음의 기억들이 채영의 머릿속을 하나씩 채워 가거나 비어 있음을 확인할 때 채영은 자신이 욕망한 바를 아빠에게 언어로 드러내지 못하고 스스로에게 기억으로서의 언어를 발화한다. 그래서 외할머니의 집을 다녀와서 아빠에게 무엇인가 이야기하려고 하지만 주저하고 만다. 주인공인 나는 엄마에 대한 기억이 전혀 없는 채영에게 엄마의 기억을 언어로 불러일으키는 것에 대해 불안과 걱정을 하게 된다. 그래서 채영에게 엄마 수진에 대해 이야기하지 않은 것이다. 언어가 불러일으키는 심상이 딸에게 도움이 될 것인지 아닌지 판단하기 어렵기 때문이다.

그런데 인간의 사고와 행동이 기억과 언어에 의해 모두 규정되면 문제없지만 「끝나지 않은 약속」처럼 말함과 말하지 않음의 사이에 놓인 기억은 주체가 진실과 거짓, 선과 악을 판단하기에 매우 어렵다. 채영의 경우 엄마에 대한 강렬한 욕망이 주체 이외의 타자와 관계 속에서 언어화되지 못하고 내부로 방향을 바꾸어 언어화되었다. 병원에서는 채영이 다른 이들에게 보이지 않는 아줌마와 대화하고 기억을 언어화하는 것에 소아정신분열증을 진단을 내렸지만, 작가는 인간의 언어와 인식으로 따라잡을 수 없는 현상들로 말해지지 않은 기억의 숨겨진 힘을 보여 주고자 했다. 이것은 미신과 과학적 근거의 사이에 존재하고 인간 기억의 재현(再現)과 왜곡의 사이에 말해지지 않는 무언가이다. 가령 채영이 한 번도 가본 적도, 들은 적도 없는 돌산마을 수진의 집을 찾아간 것과, 수진이 만든 손수건을 건네준 것, 그리고 병원에서 상담사와 상담 이후 채영의 옆 빈자리 의자가 밀려나 있었던 상황 등 일반적인 사고나 합리적 언어로 표현하기 어려운 부분이다.

오늘이 그날인 것 같다. 수진에 대해 이야기를 해 줘야 할 시간이 왔다. 나는 방으로 들어갔다. 서랍에서 수진과 나의 손수건을 꺼내 바지 주머니에 넣었다. 그러고는 채영이와 함께 밖으로 나왔다. 나는 채영이를 목말 태웠다.(104-105쪽)

말해지지 않은 진실은 사라지는 것이 아니라 여전히 존재하며 말해지지 않음의 틈을 비집고 들어 어떤 방식으로 언제, 어떻게 주체의 기억을 파고들지 모른다. 그런 점에서「끝나지 않은 약속」의 나는 작품 말미에서 채영을 데리고 말하지 않음의 종지부를 찍기 위해 그것을 향해 간다. 말하지 않음이 숨기고자 했던 진실 또는 거짓의 끝이 없을 것이라는 생각 또는 유보할 것이라는 기대는 더 이상 유지될 수 없는 진실이다.

장미영 소설가는「붉은 벽돌집」,「사려니 숲의 휘파람 새」,「끝나지 않은 약속」을 통해서 기억 속에 존재하지만 주체가 말하기를 꺼려하거나 발화 또는 언어화하지 못하는 상황에서 주체의 발화에 주목하여 진실과 거짓을 드러내고자 했다. 말함과 말하지 않음의 사이에 놓인 진실과 거짓은 말함을 통해 발화되는 것도, 말하지 않음을 통해서 은폐되는 것도 아니다. 진실과 거짓, 선과 악은 주체의 기억 어딘가에 그 싹을 품고 발아할 시간과 장소, 상황에 따라 예측할 수 없이 불쑥 드러난다. 작가는 이처럼 언어의 가장자리 그늘진 곳에서 웅크리고 있는 언어의 파편들을 끄집어내어 우리에게 이렇게 숨겨

진 사실들이 많음을 보여 준다. 진실을 대면할 시간임을
독자들이 깨닫도록 우리를 사북 자리로 안내한다.

언어를 말하다, 언어를 만나다

인간은 세 치 혀로 무엇이든 만들 수 있다고 생각한다.
눈에 보이는 물질적 세계부터 보이지 않는 무형의 세계
까지 인간은 언어로 유·무형의 세계를 업적처럼 드러내
고자 하는 욕망을 품고 있다. 언어로 발현된 학문의 체
계, 사회 시스템 등 인간이 만들어 놓은 모든 것이 그러
한 권위에 기대고 있다. 하지만 범박하게 생각할 때에도
언어의 시니피앙과 시니피에가 일치하리란 보장은 어디
에도 없다. 그것이 언어의 약점이자 인간의 약점이다.

다음 4편의 단편소설(「거짓말의 기원」, 「그룹 헤로인」, 「타
로텔러」, 「우리 동네 현보」)은 장미영 작가가 인간이 품고
있는 언어의 앞뒤 양면을 뒤집어 가며 섬세한 시선으로
언어의 가장자리에 존재하는 반영을 살핀 결과물이다.
작가는 독자들에게 언어를 언어로 바라보는 관성을 버
릴 것을 주문하고 있다. 언어 이면에 놓인 본질은 우리

가 예상하는 언어의 순수한 의미나 기능이 아닐 수 있다. 언어의 가장자리에는 우리가 생각한 것보다 훨씬 더 다양한 스펙트럼이 존재한다. 언어의 표면에 붙어 있는 흔적, 가장자리를 따라 그 경계에 놓인 부스러기들, 가장자리를 들춰 보면 보이는 반영들까지 '말해지는 것'의 주변과 이면에 놓여 있는 언어의 편린(片鱗)들을 헤쳐 보아야 '말해지지 않은 것'을 대면할 수 있다.

「거짓말의 기원」은 어린이집 교사인 주인공과 아동학대 문제를 제기한 학부모 사이에 일어난 갈등을 다룬 소설이다. 최근 교사-학생, 교사-학부모 간의 갈등이 사회적 문제로 대두되었다. 학생이 교사를 폭행하기도 하고, 학부모의 민원 제기, 갈등 등 교권 추락과 업무 과중으로 교사가 극단적 선택을 한 사건도 언론을 통해 보도되었다. 그런 점에서 이 작품은 매우 시의성을 지님과 동시에 이러한 갈등의 본질을 해석하고 이해할 수 있는 계기를 마련하고 있다. 작가는 제목에서처럼 거짓말이 어디에 기인하는가를 이 작품을 통해 드러내고자 했다. 즉, '말함'이 말하고 있는 이면에 존재하는 '말하지 않음'에 주목하고 있다.

"말씀드렸듯 그날 정말 아무 일도 없었습니다."

나는 귀를 보지 못한 것에 대해 먼저 사과했다. 더 세심하게 살피지 못한 것에 대한 사과였다. 어떻든 기억이 없고, 기억이 없는 건 사실이었다. 그렇긴 하지만 민서 귀를 잡아당겼다는 오해에 대해서까지 무조건 사과할 수는 없었다.

민서 엄마는 가만히 앉아 있기만 하는 남편 쪽을 슬쩍 쳐다보았다. 왜 아무 말도 안 하고 있느냐는, 거들어 달라는 듯한 표정이었다.

"오해는 꼭 푸셨으면 합니다."

"CCTV 따윈 보지 않아도 돼요. 선생님을 믿지 못해서 그러는 게 아니니까요. 내 말은, 그저 불안해서…"

민서 엄마는 불안하다는 말에 힘을 줬다. 말로는 믿어도 마음은 그렇지 않다는 의미로 들렸다.(21-22쪽)

민서 엄마는 민서 귀의 상처를 이유로 어린이집 담임 선생님인 주인공에게 어린이집 운영과 관리에 대한 문제를 제기했다. 이미 민서 엄마는 혼자 어린이집 CCTV

를 확인하고 아무 일도 일어나지 않았음을 인정했지만 다시 남편과 어린이집을 찾았다. 민서 엄마의 '언어'가 진실을 벗어나 표류하기 시작했다. 그녀는 두 번째 방문 목적이 CCTV가 아님을 스스로 밝히며 '불안'이라는 단어로 자기 입장을 정당화시키려 한다. 하지만 민서 엄마의 언어는 끊임없이 이율배반적인 양상을 보이며 언어의 가장자리를 위태롭게 타고 넘는다.

> 민서 엄마의 메시지였다. 오늘 불편하게 해 드려 죄송해요. 내일도 힘내서 파이팅하세요. 점심시간 내내 사람 마음을 들었다 놨다 했던 민서 엄마다. CCTV 사건이 해결된 것 같아 긴장이 풀렸다. 대답을 할까 고민하다 웃는 모양의 이모티콘을 보냈다. 똑같은 웃는 모양의 이모티콘이 왔다.(18쪽)

주인공은 자신이 담당한 반의 아이 보호자가 문제를 제기했기 때문에 그것이 사실과 거짓의 여부를 떠나 학부모의 '불안'에 '불편'할 수밖에 없다. 하지만 주인공인 어린이집 담임 선생님은 그런 불편을 학부모인 민서 엄마와 같이 '말함'이라는 언어적 행위로 드러내기 어렵다. 그 이유는 어린이집에서의 지속적 근무, 민원에 대한 어린이집 원장의 반응, 동료 교사의 시선 등 주인공을 둘러싼 상황 맥락이 주체적 의사 결정에 따라 해결될 문제가 아니기 때문이다. 그래서 나와 민서 엄마가 주고받은 '웃는 모양의 이모티콘'은 사과, 이해, 거부, 의문 등 다양한 맥락하에서 의미화할 수 있다. 또 다른 문제는 '말함'의 정보가 생산과 수용의 입장에서 각각 다르다는 것이다. 즉, 말하는 이의 의도를 완벽히 파악하지 못하면 언어의 가장자리에 붙어 있는 수많은 의미화의 가능성을 지닌 파편들은 제각기 자신을 드러낼 것이다. '말함'의 행위가 수많은 경우의 수를 만들어 낼 수밖에 없다.

민서 엄마가 정말 주인공에게 전하고자 하는 말이 '불안'이라는 단어 그 자체였다면, 그 뒤에 주인공을 고소하고 다시 문제를 제기하는 등 일련의 과정들은 없었을 것이다.

그런데 아이러니하게도 민서 엄마의 언어는 주인공을 둘러싼 환경을 잠식해 들어갔다. 원장, 동료 교사들은

"자신이 당한 일이 아닌 것"(27쪽)에 안도하며 주인공을 탓하거나 "영혼 없는 위로"(27쪽)를 건넸다. 사건을 조사하는 형사 또한 "진실을 찾는 것 따위"(32쪽)에 자신의 시간을 투자할 생각이 전혀 없었다. 민서 엄마의 혀에서 시작된 언어는 이처럼 나비효과를 일으켰다. 작가는 「거짓말의 기원」을 통해 '말함'의 행위 이면에서 작동하는 '말하지 않음'의 정치학이 얼마나 집요하게 한 사람을 공격할 수 있는지 적나라하게 보여 주고 있다.

「그룹 헤로인」은 이번 소설집에서 나머지 작품들이 지향하는 언어에 대한 탐독에서 조금은 벗어난 작품이지만 이 역시 등장인물 사이에 오고 가는 대화 속에 숨겨진 맥락을 알아차려야 예술과 사랑의 경계에 선 젊은 주인공의 선택이 어떤 의미인지 이해할 수 있다. 이 소설은 단순하게는 주인공 김준과 준의 여자친구 선가인, 김준이 속해 있는 밴드 '헤로인'의 리더 병화 형이 이루는 삼각관계를 구조로 하고 있다. 그런데 이들 사이를 사랑의 감정에만 초점 맞춰 삼각관계의 쟁탈전으로 본다면 사랑 이야기를 다루는 다른 작품들과 다를 바가 없다. 그런데 단순한 삼각관계를 벗어나게 하는 요소에 각자가 갈망하는 예술에 대한 근원적 욕망이 드러나 있다.

"응. 고독한 지식인이지…."
"고독한 지식인? 꼭 형을 말하는 것 같네. 그래도 죽은
건 아니잖아. 사라진 것뿐이니까. 너는 사라지고 싶다
는 생각, 해 본 적 없어?"
"진짜 나를 찾고 싶다는 생각이 들 때. 이 지구에 살고
있는 나는 온전한 내가 아니거든."
"그럼 너는 가짜라는 거네?"
"스물두 살의 변변치 못한 녀석이라는 뜻이야. 난 말이
지, 형처럼 기타를 잘 치는 사람이 되고 싶어. 너는 어
때?"
"나? 형의 음악을 듣고 있으면 사라지고 싶다는 생각이
간절해져. 정말 형은 천재야."(181-182쪽)

위의 인용문은 김준과 여자친구 가인의 대화이다. 김
준은 연습실에서 가인과 병화가 서로 "숨을 불어넣어 하
나의 음악을 탄생시키는 작업"(189쪽)을 위해 엉켜 있는
모습을 목격한다. 말 그대로 불륜을 저지르는 모습을 눈

앞에서 확인했지만 김준은 아무런 행동도 취하지 않고 돌아섰다. 언어로 발화할 수 없는 예술에 대한 욕망이 그들의 관계를 재구성하고 있는 것이다. 오히려 병화 형과 가인의 관계를 확인한 후 김준은 모든 관계와 주변을 정리하고 병화 형의 집으로 향한다. '가짜'인 자신을 버리고 진정 원하는 것을 찾아 여행을 떠난 것이다.

이 소설에서 발화되는 모든 대화는 예술의 가치를 이면에 내포하고 있다. 작가는 인간의 이성적 판단이 예술의 욕망에 의해 무력화될 수 있음을 보여 주고 있다. 밴드의 다른 멤버들은 병화 형과 가인의 관계를 끊임없이 의심하며 김준에게 경계하기를 조언했다. 김준 역시 그러한 언어의 발화 속에서 계속 둘의 관계에 신경을 쏟았다. 하지만 결말에서 김준은 언어에 의해 만들어진 사회적 관계 속의 나가 아닌 "지구에 살고 있는 온전한 나"(181쪽)를 찾아야할 당위성을 언어적 허위의식에서 발견하게 되었다. 그래서 김준은 사라짐 대신 나를 찾는 길을 택했다.

「타로텔러」는 미래를 예견하는 무당 엄마의 능력을 이어받은 주인공이 신내림을 거부하고 타로텔러 일을 하며 살아가는 모습을 그리고 있다. 타로텔러는 카드를 해석하여 손님이 알기를 원하는 바를 안내해 준다. 그런데 주인공인 여자의 타로점에는 그녀가 지니고 태어난 타인의 미래를 보는 능력이 개입한다. 그녀는 이를 벗어나고자 하지만 선천적인 능력은 본인이 취사선택할 수 있는 것이 아니다. 본능에 의해, 주체의 의도나 목적과는 상관없이 어느 시기, 어느 장소에서 발현될지 아무도 모른다. 사람들은 타로를 삶의 궤적을 바꿀 무언가는 아니지만 참고할 만한 흥미를 유발하는 문화로 인지한다. 즉, 그녀에게 타로는 미래를 보는 능력을 뛰어넘어 자신을 대면하기도 하고 손님들의 욕망을 풀어 주는 매우 복합적인 의식이다. 반면에 손님들에게 타로는 자신의 욕망을 측정하는 가늠자로 기능하며 언어를 통해 아직 현현(顯現)하기 전인 미래를 엿볼 수 있는 도구이다.

누군가는 원치 않으나 남의 인생을 보는 사람도 있다. 하지만 엄마 같은 삶은 살고 싶지 않았다. 인간이 알 수 없는 영적인 공간, 그 어딘가에 머물고 있는 영혼의 존재, 인간 몸을 상하게 하는 존재를 몸 안에 받아들일 수는 없었다. 자신의 생각이라고는 없는 무아의 상태에서 혼령을 통해 혼령의 말을 전달하는 엄마의 삶, 다 싫었다. 그건 온전한 삶이 아니었다. 여자는 그런 운명으로부터 도망치고 싶었다. 자기 의지와는 상관없이 흘러가는 삶, 실체가 없는 삶을 살 수는 없었다. 자기 의지대로 상황을 개척해 나가는 것, 그것이 가야 할 길이라고 믿었다.

여자는 자신의 운명을 거스르면서까지 지켜 왔던 무언가가 와르르 무너지는 듯한 느낌이 들었다.(147-148쪽)

그녀는 운명을 내다보는 자기 능력을 외면하고자 한다. 그녀의 "엄마처럼 신을 모시고 귀신이 중얼대는" 것(152쪽)을 벗어나고자 하기 때문이다. 사실 그녀의 발화가 표면적으로는 엄마의 인생을 핑계로 하고 있지만 그 언어들 속에는 자신이 받아들여야 할 운명에 대한 부담, 두려움, 고통이 내포되어 있다. 즉, 운명에 대한 거부의 발언은 결국에는 자신이 지킬 수 없는 온전하고 일상적인 삶에 대한 안타까움의 반작용이다. 주인공은 타로점을 볼 때 머릿속을 파고드는 환영이 스멀스멀 올라오는 순간 작업을 멈추고 다시 몸과 마음을 정화한다. 엄마처럼 자신의 정신에 신이 침범해 오는 것을 온 사력을 다해 막아 내고자 하는 것이다. 하지만 손님들은 미래를 예견하는 그녀의 타로점에 큰 관심을 가진다. 그녀의 타로 가게는 명성을 얻으면서 타로 거리의 중심이 되어 간다.

운명은 바꿀 수 없다. 그렇다면 그 운명을 말해 줄 이유도 없다. 운명이 아니라, 그저 앞날을 미리 보고 싶은 거라면 그 역시 별 의미가 없다. 상황에 따라, 의미에 따라, 인간의 미래란 얼마든지 달라질 수 있으니까. 말해 준들 무엇이 바뀔까. 그럼에도 우리는 다양한 해석의 세계를 통해 용기, 희망, 치유의 기쁨을 얻고 싶어 한다. 어떤 길이, 또 다른 길이 있을지, 아무도 알 수 없다. 여자가 타로를 치는 건 다만 선택지를 좀 더 폭넓게 보여 주기 위한 것일 뿐이었다.(151-152쪽)

언어는 확정되지 않은 현실을 재단하고 가늠하는 역할을 한다. 언어의 분절성이라고도 부르는 이 속성은 연속된 세계를 인간이 인지 가능한 단위로 구분한다. 무지개의 7색이 그러한 예이다. 이처럼 '발화된 무언가'는 이미 정해진 성격이라기보다 각각의 상황에 언어가 개입하여 만들어 내는 역할로 보는 것이 타당하다. 그런데 인간은 언어가 객관성을 지닌다고 착각하여 언어의 체계 위에 집단지성이 만들어 놓은 결과를 합리적 판단이라 인정한다. 장미영 작가는 그것이 착각임을 명백하게 보여 준다. 예를 들면 타로점을 본 손님이 주인공의 말을 듣고 큰 사고를 피하자 주인공이 이 모든 상황을 예견한 것이라 믿는 상황이다. 물론 그녀가 본 환상은 이 소설에 한해서는 진실이다. 하지만 손님은 반대의 인지과정을 통해서 자신의 경험과 그녀의 발언을 바로 연결하고 있다. 즉, 그녀의 발화에 영향을 준 또 다른 요소를 고려하지 않고 그 발화에만 집착한 것이다.

반면에 그녀는 자신이 '말함' 이면에 존재하는 운명을 부정하고 외면하고자 타로 카드로 자신과 사람들을 기만했다. 그것은 부정적 거짓말이라기보다는 위의 인용문에서 제시한 것처럼 운명의 스펙트럼을 넓혀 주는 기능을 한 것이다. 하지만 결국 이와 같은 그녀의 언어는

"그림이라는 매개로 신의 말을 전달"(153쪽)하는 운명을 벗어나지 못했음을 증명하는 근거이다. 즉, 그녀 자신은 주어진 운명을 벗어날 수 없음을 알면서도 운명의 지속성을 감춘 채 손님들에게는 다양한 운명을 대면할 가능성이 있음을 말한다. 인간에게 미래를 보는 눈이 없음을 발화하는 것은 그녀에게는 자기기만일 뿐이다.

「우리 동네 현보」는 동네에서 말을 더듬고 히죽히죽 웃으며 아이들을 괴롭히는 바보 같은 인물을 전면에 내세워서 그 이면에는 바보 같지 않은 진실이 숨겨져 있음을 밝히는 작품이다. 실제 무엇이 진실이며, 현실은 무엇을 진실로 정하기를 원하는지, 왜 진실은 진실로서 기능하지 못했는지를 '말함과 말하지 않음'을 통해서 선명하게 보여 준다. 그 이유는 말함과 말하지 않음이 서로 다른 목적을 지니고 있기 때문이다. 장미영 소설가는 현보와 현수를 통해서 말함과 말하지 않음의 두 현상을 극적으로 대비시키고 인간의 인식이 얼마나 고정관념에 사로잡혀 있는지 보여 주고자 했다.

마을에서 바보 현보의 동생 현수는 형과는 달리 명석하고 합리적인 인물로 대우받는다. 동네에서 도난 사건이 일어났을 때 동네 사람들이 현보의 말에는 아무도 귀 기울이지 않았지만 현수의 의견에는 적극 동조한다. 동네 사람들의 이러한 고정관념은 소문, 평판, 인지 등 발화되는 언어에 기반하는데, 이는 쉽게 변하지 않는다. 결국 언어의 관성이 본질을 찾지 못하고 포장되어 있는 가장자리에서 멈추어 버린다. 언어의 가장자리를 뒤집고 언어의 이면을 살펴볼 수 있어야 진실의 앞뒤를 판단할 수 있다. 하지만 현실은 그렇지 못한 것이다.

현수 오빠가 천천히 내 쪽으로 몇 발짝 다가왔다. 내 귀에 대고 속삭였다.

"사실 자체는 중요하지 않아. 중요한 건 말이야. 사람들이 어떤 사실을 믿느냐는 거지. 어린 데다 모자란 사람 말을 누가 듣기나 한대? 좀 더 크면 연희 너도 알게 될 거야."

현수 오빠의 입 꼬리가 묘하게 올라갔다. 마치, 너 따위 꼬맹이가 알긴 뭘 알아라고 말하는 것 같았다. 현수 오빠는 엎드려 있는 현보를 흘끔 쳐다보았다. 침을 한 번 뱉고는 골목을 빠져나갔다.

사실과 진실 사이 거리는 얼마나 될까. 사실이라도 믿어 주지 않으면 거짓이 된다. 하지만 거짓이라도 믿어 버리면 곧 진실이 된다. 믿어 주지 않는 진실, 믿어 버린 거짓. 한참을 멍하니 있었다.(233쪽)

사실이 사실로서 그대로 존재하는 것이 아니라 우리 세계에서 사실은 언어로 치환되어 존재한다. 그래서 사실 그 자체가 아니라 사실의 언어에 대한 믿음과 믿지 않음이 결국 진실을 결정한다. 사실이 아님에도 진실이 될 수 있고 사실임에도 현보와 같이 거짓이 될 수 있다. 작가는 이러한 언어의 불완전성을 이 작품을 통해 드러내면서 극단의 결과를 가져올 수 있는 현실을 경계하고자 한다.

장미영 소설가는 언어에 천착한 이야기꾼이다. 작품 속 언어에 천착하여 말이 만들어 내는 가면들을 파헤치고 그 자리에 진실이 자리 잡도록 충실히 안내자 역할을 했다. 이번 소설집에 수록된 7편의 작품은 모두 '말함과 말하지 않음'의 대립 관계 속에서 언어가 쌓아 올린 현실의 허위의식을 깨부수고 있다. 언어가 기억을 잠식해 들어가는 것을 막고자 하고, 말함의 그늘에 숨겨진 비수를 무력화시키고자 하며, 말하지 않음의 진실을 찾고자 한다. 또 말함과 말하지 않음의 대결에서 진실이 그 심판이 될 수 있는 길을 보여 준다. 이처럼 장미영 소설가는 진실과 거짓의 경계가 혼탁한 우리 시대에 언어가 지금껏 경계를 정화하는 기능을 하지 못했던 것에 문제를 제기한다. 이제는 우리가, "사실인데 왜 말하면 안 돼?"라는 현보가 남긴 말을 다시 곱씹어 볼 때이다.

작가의 말

어릴 적 나는 그저 그런, 소심한 아이였던 것 같다. 아이들이 운동장에서 뛰어놀 때, 교실에서 혼자 책을 읽었고, 발표 시간에도 발표는커녕, 남들 앞에서 제 의사를 표현하는 것조차 힘들어했다. 특별히 무엇을 잘하는지도 몰랐다.

그럼에도 마음 한구석에선 막연히 글 쓰는 것에 대한 동경이 자라고 있었던 모양이다. 장래 희망란에 '작가'라는 단어를 조심스럽게 적고는 혼자 좋아했던 기억이 난다.

꿈꾸고 쓰기를 반복했다. 어느덧 7편의 소설을 묶어

한 권의 소설집을 내게 됐다.

관계 맺음에 대한 이야기들을 다루었다. 여전히 어려운 문제다.

기억, 사랑, 죽음, 환상… 세상의 소리에 무뎌지지 않기 위해 애썼다. 내 마음 같지 않은 세상이 조금은 내 마음 같았으면 싶었다.

내 속에서만 하던 이야기들을 밖으로 풀어 낼 수 있어 기쁘면서도, 한편으로는 걱정도 된다. 제대로 쓴 것인지 자꾸 되묻는다. 아마, 첫 소설집이라 더 그런가 보다. 미리 말하지만 세상을 놀라게 할 만큼 매혹적인 글을 쓸 자신은 없다. 열심히 쓰겠다는 다짐을 새길 뿐이다.

끝으로 미흡하나마 이 글이 누군가에게 따뜻한 위로의 터치가 되었으면 한다. 이 또한 내 마음 같지 않다는 걸 안다.

나의 낯설음과 두려움, 애씀을 기꺼이 보듬어 주신, 첫 소설집을 품에 안을 수 있게 도와주신 산지니 출판사 관계자분들과 해설을 기꺼이 맡아 소설집을 더욱 윤기

나게 해 주신 오현석 평론가님께 감사의 말씀을 전한다. 부족한 내 글로 인해 전전긍긍했을 평론가님의 모습이 눈에 선하다.

곁에서 한결같이 응원해준 가족과 친구, 선생님, 문우들에게도 감사드린다.

살아계실 적, 막내 넌, 꼭 쓸모 있는 일을 할 거다, 라고 용기를 북돋아주셨던 나의 아버지에게도 눈물보다는 고맙고 사랑한다는 인사를 건넨다.

느리게 걷는 이 길이 그리 외롭지만은 않다.
꿈꾸는 문어가 되고 싶다.

2023 장미영

수록작품 발표지면

「거짓말의 기원」… 『The 좋은 소설』 2020 겨울호 수록작

「사려니 숲의 휘파람새」… 2019년 국제신문 신춘문예 등단작

「끝나지 않은 약속」… 테마소설집 『모자이크, 부산』(공저, 2021) 수록작

「붉은 벽돌집」… 『작가와 사회』 2020 여름호 수록작

「타로텔러」

「그룹 헤로인」… 2012년 천강문학상 수상작

「우리 동네 현보」… 2006년 동서커피문학상 수상작 「호박죽」을 개작